U0828006

TopBook
饕书客

一个人，遇见一本书

东京漫步记

[日] 永井荷风

日本新浪漫派代表作家
永井荷风随笔集

江户川两岸露草花开，后巷中
少女弹起三味线

一柄蝙蝠伞，一双晴日木屐
漫步东京街头 感怀旧时江户

TopBook
饕书客

赵翻 译
杨晓钟 校译

陕西新华出版传媒集团
陕西人民出版社

图书在版编目（CIP）数据

东京漫步记 /（日）永井荷风著；赵翻译 . -- 西安：陕西人民出版社，2022.3

ISBN 978-7-224-14415-4

Ⅰ . ①东… Ⅱ . ①永… ②赵… Ⅲ . ①散文集－日本－现代 Ⅳ . ① I313.65

中国版本图书馆 CIP 数据核字 (2022) 第 028674 号

出 品 人：赵小峰

总 策 划：刘景巍

出版统筹：韩 琳 王 凌

策划编辑：关 宁 王 倩

责任编辑：张启阳 武晓雨

整体设计：佀哲峰 翟 竞

东京漫步记

作 者 ［日］永井荷风

译 者 赵翻

校 译 杨晓钟

出版发行 陕西新华出版传媒集团 陕西人民出版社

（西安市北大街 147 号 邮编：710003）

印 刷 西安市建明工贸有限责任公司

开 本 787mm × 1092mm 32 开 4.25 印张

字 数 70 千字

版 次 2022 年 3 月第 1 版

印 次 2022 年 3 月第 1 次印刷

书 号 ISBN 978-7-224-14415-4

定 价 25.00 元

译者序

关于永井荷风

——写在《东京漫步记》之前

杨晓钟

永井荷风，原名永井壮吉，别号断肠亭主人、金阜山人、石南居士等，是日本唯美主义文学流派的主要代表人物之一。

1879年，永井荷风出生在东京一个官宦家庭，父亲久一郎是明治维新前藩儒鹫津毅堂的弟子，有“汉诗人”之称，著有《来青阁集》等作品；母亲为鹫津毅堂次女。永井荷风于家庭中得到了最初的汉学启蒙。与生俱来的我行我素与放纵不羁注定了永井荷风不会为规矩所囿，尽管身处良好的教育环境，少年时期的永井荷风却并不令父母省心。1889 年，他进入东京府普通师范附属小学高等科学习，次年退学；1891 年，又入学高等师范附属普通中学二年级；1897 年，临时就读于高等商业学校附属学校汉语科，但因缺课太多，终被开除学籍。

永井荷风自幼喜爱文学，一生未曾移易。1898 年，永井荷风师从广浸柳浪开始学习小说创作，在文学杂志《文艺俱乐部》上发表了短篇小说《薄衣》；后成为落语家朝寐坊的弟子，潜心学习俳句；1900 年，又成为歌舞伎作家福地樱痴的门徒。其深厚的日本古典文学基础基本在这一时期奠定。

1902 年，受左拉自然主义理论影响，永井荷风发表了中篇小说《地狱之花》，一举成名。1903 年，因未考上官立大学，在父亲的安排下，他先后赴美、法留学，海外自由开放的思想又促使其逐渐自我觉醒。归国后，他陆续撰写了以国外见闻为题材的《美国故事》和《法国故事》，作品中西方唯美主义影响的痕迹已很明显，字里行间亦开始显露文明批判的端倪。1910 年，应上田敏等人的推荐，永井荷风就任庆应义塾大学教授，并开始主编《三田文学》杂志，随后陆续发表了《隅田川》《争风吃醋》等作品，确立了他在日本文坛的地位。1952 年，永井荷风获得日本政府颁发的文化勋章，1954 年被推选为艺术院会员。1957 年，他移居市川市八幡町，1959 年因病辞世。

《东京漫步记》是永井荷风的东京行记，由作家本人亲自整理《三田文学》上连载的随笔而成，记录了其脚蹬晴日木屐，手持蝙蝠伞，拿着一张破旧的江户地图，穿梭于东京街巷的见闻及心迹。

城市是人类发展与文明进步的产物，铁桥取代木桥，商铺取代淫祠，大型轮渡取代古朴而和缓的木造渡船，都是难以阻挡的城市化进程。当进步的风暴裹挟着人们向未来走去时，永井荷风却背过身来，目视着行将消失的名胜遗迹，寻访弥留着江户气息的废墟残垣。

现代文明冲击之下，旧时风物不再，而作家始终抱有对传统世俗生活的怀想，因此其笔端总浸润着寂寥的诗意与无常的悲哀。他在变与不变的景色中来去，在可喜与可哀的情绪中游走，通过对城市景观的描写，展现处于社会转型期的文人的审美况味，同时亦毫不讳言对明治维新后日本表面西化的批判，以及对“输入文明”之缺陷的质疑。

作为江户文化与江户风景最后的守望者，永井荷风走走停停，用散记为变幻的世界立下存照。倘若我们能够在其对东西方文明冲突交融的反思中获得某种启示，从当下鲜丽的时代光景中短暂抽离，向传统投去一瞥，打捞一番陈迹，那么也可算作跟随他漫步这一遭的意义所在。

目录

contents

序

我将有关东京市内散步的记事结集成册，题作《东京漫步记》。其缘由记于正文开头，故不在此赘述。原文自大正[①]三年夏初起约一年间，月载于《三田文学》杂志，这次受米刃堂主人之邀，重新改编成卷。之所以特别写明原文的年月，是因为等成书面世之时，篇中所记胜景恐已遭破坏，踪迹难寻。木造的今户桥早已变身为铁吊桥，江户川两岸也被水泥浇筑，不见露草花开。樱田御门外，芝赤羽桥对面的空地上如今大兴土木。沧海桑田的世间，若拙著能留作记录，以供日后他人凭吊，幸甚至哉矣。

乙卯年晚秋。

荷风记

①大正：日本年号之一，为 1912—1926 年间。

第一篇

晴日木屐

第一篇 晴日木屐

个头高于常人的我，出门却爱蹬双晴日木屐，拿把蝙蝠伞。若没有这两样东西加持，即便是大晴天，我也是断然不敢出门的。东京一年到头潮乎乎的天气，实在让人不放心。世上善变的不只有男人的心，还有秋日的天空和当前的政事。春日赏花时节，上午还是大晴天，下午两三点开始，只要不刮风，到了傍晚就必会下雨。梅雨季自不用说，进入伏天，骤雨更是随时都会滂沱而至。不过，这善变的天空和猝至的大雨，却是古时小说里才子佳人永结同心的契缘，亦是当今戏剧落幕之际上演情事时用来遮人眼目的好道具。言归正传，晴日木屐的作用不只在于防备突如其来的大雨，穿上它，便可轻松踏上冬日暖阳下霜化的红黏土山路，亦无须担心银座日本桥沥青大道的坑洼里溅水的泥巴。

于是，我总是脚蹬晴日木屐，手拿蝙蝠伞，走在路上。

我自小就喜欢在市内散步。十三四岁时，我家从小石川搬到麹町、永田町的机关宿舍。那时还没有电车，我上的私立英语学校在神田的锦町，每天从半藏御门通过，沿着吹上御苑后面古松苍郁的代官町路，望着另一侧高高的外城石墙和深深的护城河，走过竹桥，出了平川口的御城门，再沿着旧时的碾米店（如今的文部省），便到了一桥。一路上我兴致盎然，全然不觉得远。宫内省后门有一道对着兵营的土堤，堤腰上有一株大朴树，树荫庇护的坡下有一口水井。无论寒暑，卖甜酒的、卖大福饼的、卖荷包寿司的、卖糖水的小贩都在此搁下担子，等候过往行人。多数时候，车夫、马夫五六人会在此停下来歇息吃饭。走路的人可能不觉得吃力，但对于车夫而言，从竹桥方向过来的话，御城内代官町路可是一条漫无尽头的坡道，而这里刚好是中途歇脚的地方。东京地势就这样往麹町四谷方向逐渐抬高。炎炎夏日的放学路上，我跟着车夫马夫们，拧干用井水打湿的毛巾擦一把汗，爬到大朴树下歇息。那时坡上就竖了一块“禁止攀爬”的牌子。当你无视告示牌爬至坡顶时，就能隔着护城河，看到远处的街区，如同从外护城河的松荫下

远眺牛込[1]、小石川的高地一样，眼中皆乃东京绝景。

从锦町放学回家的路上，我喜欢绕去樱田御门或是九段，看看不一样的街区。一年后，在我对沿途风景心生厌倦时，全家又搬回了小石川的旧宅。那个夏天起，我开始去两国的游泳馆游泳，这下繁华的下町和沿岸江景又成了心头之好。

如今，在东京市内散步于我而言，是对过往生涯的追忆。历史悠久的名胜古迹在渐遭破坏的当下，更为市内散步徒添了一种无常的悲哀与寂寥的诗意。近代文学的荒废意境，恐怕再不用专赴埃及意大利，只需漫步现今东京，便能感受到。今日经过的寺门，昨日小憩过的路旁树荫，等再来时，必沦为租屋或工厂。想到这里，那名不见经传的建筑，年轮尚浅的树木，仿佛都蒙上了一层悲伤。

江户名胜里，自古本没有值得一提的风景和建筑。

---

①牛込：地名。“込”古同“迂”。“込”在日语中有“包含、加入”之意，因此有时也称之为“牛入”。

宝晋斋其角[①]在《类柑子》中说道："隅田川名声在外，又无比肩加茂桂之贵。唯愿有名山而不得。目黑旧而山坂远，似嵯峨无寂寞风情。王子无宇治"。在其角看来，江户名胜中唯有晴空下的富士山可称得上无瑕之作。这恐怕是对江户风光最公允的评价了。江户的风景堂宇难以比肩京都奈良。但是对于生长于此的人，这个大都会的风景自有一番风味，自古有关江户名胜的旅行指南、狂歌集、绘本等出版物层出不穷，便能窥知一二。太平盛世的武士百姓以游山逛景为乐，赏花、观景、访古被推崇为最文雅的嗜好，附庸风雅之人以此为炫耀的资本。私以为访古之风自狂歌全盛时期的天明[②]时代之后最为盛行，培养对江户名胜的兴趣，要有江户通俗文学的素养，即需要一种戏谑的态度。

近来，受了江户通俗文学的感化，我又蹬响晴日木屐，开始在市内转悠。不过，我的兴趣里面又受了点近

①宝晋斋其角（1661—1707）：日本江户时代的俳句诗人。
②天明：日本年号之一，为 1781—1788 年间。

代浅涉文艺的影响。1905 年，巴黎新闻记者阿德莱出了一本题为 *EnFlanant* 的书。书中他以看戏般的视角，记述了法国社会万象和城市古迹印象。此书面世后，评论家安利博尔德就何为浅涉文艺做了一番剖析和批判。在此不做说明。我想表达的是，在西方国家里，也有热衷市内散步、探访古迹的人士。阿莱是西方人，他对社会的热心程度自然要比我深。国情不同使然。他的散步并非是无所事事之下的无奈之举，他企图通过此举去观察这个社会。而我半隐于世，身上并无所谓的义务和责任。我不过在寻找一种自由的生活方式——不用露脸，不用花钱，不需要人陪伴，最后想出的方式是在市内转悠罢了。

法国小说里描写了很多这样的人物，出生于没落贵族家庭，靠仅有的遗产勉强度日，漠视浮生之乐，不与人往来，一生惨淡，无为而终。他们想做些留名于世的专业研究却财力有限，想找份踏实工作却苦于没有合适的地方，无奈之下，只能作作画儿、钓钓鱼、逛逛墓地，想一些不需要钱的活法。虽说我与他们的境遇截然不同，但行为和感慨却也有几分相通。

当下的日本与文化成熟的西方社会不同，不论有无资本，欲为之则能为之的事太多了。招集男女乌合之众演个戏，只要冠以艺术之名，看客便趋之若鹜。利用乡下中学生的虚荣心，煽动其投稿，文学杂志的经营也不用发愁。以慈善和教育的美名，逼迫弱势艺人低价出演，再强行卖票，也能大捞一把。从对富豪的人身攻击开始，待到时机成熟，再以文雅绅士的身份粉墨登场，像日本这样能行之事如此之多成功如此之易的国家恐怕再无第二个。世风日下，若要洁身自好，只能乖乖退避。坐电车要想以最快的速度到达目的地，就要有在每个换乘站不顾形象拨开人群往前冲的蛮勇。如果自知蛮勇欠缺，比起一趟一趟地等空电车来，不妨选条没有车辆的小巷，或是市政改建中幸存下来的旧道，耐心走过去。出门不必非得坐电车。如果不着急，市内大有可以悠然阔步的道路。

现代生活也一样，大可不必非得按美国奋斗主义那一套来过活。蓄须、穿洋装、虚张声势，只要抛掉这种乡绅式的野心，不留分文，切断与友人这种实为同伙、

前辈大哥的阿谀奉承关系，悠然自得的活法自然也有很多。同样是在街上吆喝叫卖，比起蓄着胡须、穿着洋服、巧舌如簧地卖弄医学知识卖假药，我宁愿在后街的庙会上静静地煎甜饼、捏面人。今常有装扮成苦学生的行脚商贩蛮横地推开住家的格子门，用带口音的腔调喊人出来看看。这般强买强卖，与从前穿着草鞋戴着斗笠的小贩发出的龙虱、水蜡虫、箱根山山椒鱼，或是越中富山千金丹的吆喝声形成了鲜明的对比。于秋夕冬朝听到这样的声音，该感到何等的凄寂与悲凉啊！

我的散步一不为赞美新东京的壮观，讨论其审美价值，也不为寻访老江户的古迹，呼吁人们保护。现代人对古迹的保护本就是一种破坏。给古寺周围拉上铁锁，漆牌上写上禁止事项，这些倒也可以理解，而以保护古寺之名，请来施工队大肆修缮，则纯属暴行了。诸如此类的行为在此也不再列举。我只想写写在漫无目的的闲逛中之所见。比起在家面对老婆歇斯底里的面孔，或者应对报纸杂志记者的突然来袭，让好不容易打扫干净的火盆落满敷岛[①]的烟头，我情愿去散步。于是，我急着走、慢着走、悠着走，不停地走。

在蝙蝠伞和晴日木屐加持的行走中，我曾偶遇电车道后面在市区改建中残存下来的旧街道，也曾抬头望着寺庙众多的山手巷道两旁的树梢，看到架在河道上的无名小桥时，那荒凉的光景常常使我陷入一种无我境地，久久不能离去。这种无用的感慨使我欣喜无比，这恐怕是我漫步的唯一目的。

“太掖勾陈处处疑，薄暮毁垣春雨里。”“炀帝春游古城在，坏宫芳草满人家。”同样是荒废之景，若为名殿城郭的话，便会被早早地写进三体诗里，为世人传颂。

而能吸引我趿拉着木屐出门的，却是一些平凡得不能再平凡的风景。譬如炮兵工厂砖墙外的小石川富坂，坡下有一条沟渠，顺着这条沟渠，往魔芋阎王方向拐进去的后巷就是其中一处。巷旁房屋低矮，巷道随意迂曲，见不到一处油漆看板和西洋风格的玻璃门窗。除了偶有

① 敷岛：一种日本国产高级烟。

刨冰屋门口的旗子在阳光下飘闪外，整个巷子无任何着色，且巷中只有裁缝铺、芋制品店、粗点心店、灯笼店这些老铺人家。那些新开町的商铺门口，时兴挂某某商会、某某事务所的木牌，这些新时代的企业让人心生不安，而其主谋者也使人感到危险至极。相反，看着在这贫陋的后巷中以传统手艺营生的老人，同情悲哀之余更生无限的尊敬。我不禁联想到，这些清贫人家的宝贝独生女，或许正成为掮客的诱饵，在某个地方当艺伎，既而又陷入沉思，思考着日本固有的忠孝思想与人身买卖恶习之间的关系，以及它们对现代社会产生的影响等等。

前些日子，我从麻布网代町的后街经过。刨冰屋门前，各种活动宣传照、国技馆围棋馆的宣传单，随着从高地上吹下来的夏风翻飞。里屋里，一位十五六岁模样的姑娘在练习清元小调。我不由得停下脚步。江户音韵尚存，直抵我的内心！我感慨着，为无意中经过后巷所听到的小姑娘弹奏的三味线[①]而感动不已，这样的我终归

①三味线：日本传统弦乐器，也是歌伎的主要伴奏乐器。

无法迎接这个世界的新思想，江户音曲也终究不能与灯光华丽的世俗演奏结伴前行。有时我会努力反省，倘若没有某样东西给我的境遇以重击，我的感觉、兴趣以及思想便会一点一点置我于固执狭隘之中，最终将我变成这个世界的局外人。有时我也会自我放弃，以一个旁观者的身份，看看这具肉身最终会变成什么样，甚至对无常的将来抱有一种好奇。就像是自己掐着自己的肉体，只要使上某种力道的劲儿，就会有相应程度的疼痛，自我折磨，兀自流泪。有时表面佯装恬淡洒脱，而内心深处早已断念。所以，诸如“泪花白粉颜，隐隐苦味酒”这样平平常常的歌，每次听到都能刺痛我的内心。身后疾驰而过的汽车，将我从大路赶进不见日光的小巷，狼狈地落于人后踉跄行进，在独步中深味一家的乐趣与痛苦、得意与悲哀。

第二篇 淫祠

穿梭于后街，行走在巷道。我的晴日木屐踩响过的巷子里，必定会有淫祠。淫祠自古至今从未受到过政府的保护。情况好一点的，政府置之不管，而其余时候多半是要被拆除的。尽管如此，东京市内的淫祠依然多到难以计数。我喜欢淫祠。它为后巷增添了某种情致，也远比铜像更具审美价值。本所深川的桥头、麻布芝[1]的陡坡下、繁华街的仓库间、寺庙众多的后街角落里，总立着一座座小祠庙和暴露在风吹日晒中的地藏菩萨，上面挂着许愿的绘马[2]、敬献的手巾，有时也供着线香。尽管现代教育努力将日本人改造成狡猾之辈，但至今仍未能夺走一部分愚昧民众的心智。这些给地藏菩萨的脖子挂上布巾的人，也许会把女儿卖为艺伎，也许会变成义贼，

①芝：芝区，地名。已与麻布区、赤坂区合并为现在东京的港区。

②绘马：日本人许愿的一种形式，分为大绘马与小绘马两种。大绘马类似匾额，较为少见；小绘马则为写上自己愿望的木牌。

也许还正做着中大彩的青天白日梦。但是，他们不懂得使用“文明的武器”，比如通过把他人的隐私泄露给报社来达到复仇的目的，以正义之名敲诈勒索，迫害他人。

淫祠带来的想像和彰显的灵验大抵太过荒唐无稽，使它的存在总伴有一种滑稽之趣。

给欢喜天[①]供油炸豆腐包子，给大黑天[②]供分叉萝卜，给稻荷神[③]供油炸豆腐，这些人人皆知。除此以外，芝日荫町还有供着青花鱼的稻荷神，驹込有供着沙浅儿的沙浅儿[④]地藏。百姓因头疼前来祈愿，愈后还愿时，就把沙浅儿盖在地藏的头上。御厩河岸的榧寺有治虫牙很灵验的糖尝地藏，金龙山境内有供着盐的盐地藏。小石川富坂的源觉寺内有供着魔芋的阎王，大久保百人町的鬼王以豆腐作为湿疹痊愈后的还愿之礼，向岛弘福寺的“石媪”则需供之以炒豆，来治愈小孩的百日咳。

---

①欢喜天：佛教护法神。

②大黑天：大黑天本为婆罗门教湿婆的化身，后成为佛教的护法神。在日本，大黑天监管农业五谷丰收与财富。

③稻荷神：日本神话中的谷物和食物神。

④沙浅儿：比较浅的沙锅，也叫沙锅浅儿。

百姓们这些单纯又愚昧的习俗，给我的内心以无限慰藉，就像看到庙会上踩着鼓点的面具舞，或绘马上拙劣的猜谜画一样，不能概以可笑论之。因为在这没有道理可辩也无逻辑可言的愚昧之中，总有一种悲悯在里面。

第三篇

树

青叶入目，杜鹃鸣而鲣鱼鲜。这十一个字道尽了江户旧时最美时节的意趣。北斋、广重画笔下的江户胜景，若以文字代之，也尽在这一句中。

东京开发之步伐不止于市内，日渐向郊外延伸。所幸社寺境内、私人宅邸、崖坡路畔，仍有树木尚存。现如今，因着工厂的煤烟和电车的轰鸣，日本晴空下鸢啁声渐稀，雨后深夜，月上梢头，杜鹃亦不再啼鸣。初上市的鲣鱼的肥美，因有了火车和冰镇运输，也不如从前珍稀了。只有青叶依旧，待到每年花期过后的阳历五月，下町河畔、山手坂上，满目皆是美好的绿色。至此，人们对于东京这座城市的欣赏，才会心生自江户时代便延续下来的特有快感。

住在东京的人，在刚穿上夹衣的那日，于外出的路上，试着随便找一处高地，眺望一下市内吧。不论早晨、晌午或傍晚，也不用纠结是去九段坂上、神田明神[①]、汤岛天神[②]，还是芝的爱宕山。熠熠生辉的初夏晴空下，连绵不绝的瓦宇间，又或是银杏、米槠、栎、柳等新嫩的枝头处，日光优美地在上面跳跃。东京虽然因仿造的西洋建筑、电线和铜像变得奇丑无比，但还不至于被抛弃。东京自有它说不出来的特有韵味。

东京的美，离不了树木和流水。高地上遮天蔽日的古树，下町间静静流淌的河流，都是东京的至宝。在巴黎，只要有教堂宫殿剧场，即使没有树和水，也足以撑得起其门面。而在东京，如果没有苍郁的古树，壮丽的芝山内的灵庙则会完全失了美和威仪。

树和水之于庭院必不可少，都市景观的建造也离不开这两者。所幸，东京还保留着很多古树。比如芝田村町的公孙树，据说德川氏入国前就存在。还有小石川久坚町光元寺的大银杏树，据说由亲鸾上人[③]在麻布善福寺所种的银杏树，树龄已有数百年。浅草观音堂旁也有

①神田明神：又名神田神社。主祭神为神田明神。

②汤岛天神：即汤岛天满宫，祀奉的是因学问而闻名菅原道真公。

③亲鸾上人（1173—1262）：日本佛教净土真宗初祖。

两株有名的银杏树。小石川植物园内的大银杏树，因留有明治维新后险被伐倒的斧头印，被很多老树迷们知晓。如果想在东京市内探寻这些有故事的银杏，数量是极为可观的。小石川水道端路中央的第六天小庙旁、柳原路上破旧的二手衣物店上方，都耸立着高大的银杏树。神田小川町的路上，在我上一桥的中学那时，有一株巨大的银杏高高越过烟草店的屋顶，比电线杆还要高。麹町、番町、牛込御徒町那一带，还能在旗本旧宅模样的院落里看见好几株大银杏树。

银杏变黄之际，泛黄的叶与神社佛阁的粉壁朱栏呼应，成了最具日本特色的庭园风光。浅草观音堂的银杏可谓东京银杏之冠了。明和①年间，树下有一牙签店，名柳屋。美女阿藤的身影永存在了铃木春信和一笔斋文调的锦绘中。

与银杏相比，松柏与神社佛阁更为相称，形成日式或中式的独特风景。江户武士不喜开花树，独爱常绿树，

①明和：日本年号之一，为1764—1771年间。

尤其爱松。武家的旧址至今还有很多常绿松，任人凭吊。市谷护城河畔有高力松，高田老松町有鹤龟松。广重《江户土产》绘本中还描绘了彼时江户城里的名松——小名木川的五本松、八景坂的铠挂松、麻布的一本松、寺岛村莲华寺的末广松、青山龙严寺的笠松、龟井户普门院的御腰挂松、柳屋妙见堂的松树，以及根岸的御行松、隅田川的首尾松等等。但是时至大正[①]三年的今日，幸存下来的寥寥无几。

青山龙严寺的笠松也出现在了北斋的《富岳十六景》锦绘中。我循着旧江户地图，去离大久保简居不远的青山寻访过这座寺庙。寺庙残存于千驮谷的一隅。庙宇已被翻新，院内建了许多出租屋，连一方像样的空地也难寻，更不用说松树了。这一带叫山手新日暮里，附近有一仙寿院，可媲美日暮里花见寺。我在《江户名所图绘》[②]里得知了这个名园，便在蹬着晴日木屐散步的途中，顺

①正大：日本年号之一，为 1912—1926 年间。

②《江户名所图绘》：一般写作《江户名所图会》，江户时代后期的天保年间，由斋藤月岑家族撰写、出版的江户地方志。

道去探访了。穿过古旧的山门，仅剩石阶两旁修剪整齐的茶树能让人追忆往昔。庭园已被改造得面目全非，正殿旁边的墓地也只余寥寥几坪。

现在上野博物馆境内的松树，有说是宽永寺的旭松，也有说是稚儿松。首尾松已无处可寻，但根岸的御行松依旧苍劲。麻布本村町曹溪寺的绝江松、二本榎高野山的独钴松，也依然是古画里的模样。

春日来时，柳与樱交织，绘成了这座城的锦画，因此爱木人士绝不会忽视它。一提起樱花，比较著名的有上野的秋色樱、平川天满宫的郁金樱、麻布笄町长谷寺的右卫门樱、青山梅窗院的拾樱，以及名胜画中有名的涩谷的金王樱、柏木的右卫门樱、驹込吉祥寺的樱花道等等，不胜枚举。至于柳树就没有什么名头了。

传说隋炀帝在长安建造显仁宫，在河南开掘通济渠，沿渠筑堤，栽柳一千三百里。金殿玉楼，绿波流影，柳絮纷纷状如雪，黄叶菲菲漫天舞，宛如看到青贝箔的屏风、七宝烧的古陶器，绚烂夺目。柳丝摇曳于水面之上，最是让人心旷神怡。东都柳原堤坝，原先柳树繁茂，从筋违御门一直连绵到浅草御门，江户改名为东京后不久，柳堤被摧毁，代之以今天所见的一排红瓦长屋。（据《武江年表》记载，堤坝被毁于明治[①]四年四月，而长屋建于明治十二三年。）

关于柳桥无柳，柳北先生在《柳桥新志》里已有提及："桥以柳为名而不植柳一株"。不过，在两国桥下游的不远处，一座名为元柳桥的小桥边，有一株老柳。柳北先生的《柳桥新志》，以及小林清亲先生的《东京名所绘》中皆有描绘此景。河面朝雾笼罩，轻烟雾霭间，两国桥的这边桥头斜立着一株粗根老柳。柳荫下，一位穿着条纹外衫的男子，肩头搭着毛巾，背对着读者望向水流。娴雅之趣溢于画面，仿佛能听见猪牙舟的橹声和海鸥的鸣叫。那株老柳也不知是何时枯朽的，如今，河岸变迁，河流被填埋，元柳桥也不见了踪迹。

半藏御门至外樱田的护城河边，以及从日比谷马场前到和田仓御门外的护城河边，柳树连绵，洒水车聚集。

---

①明治：日本年号之一，为1868—1912年间。

这些柳树应该栽于明治以后。看广重在《东都名胜锦绘》中描绘的外樱田景色里，河岸路两旁无一株柳树。只有河堤下面的一口水井旁，能见一株柳。以我之拙见，想要隔着水面遥望对岸古城的石墙和老松，若堤上有柳，则会阻挡视线，影响眺望，因此不种柳为妙，更别提在这些地方种上西洋风情的枫树了。

近来，东京模仿西洋都市的景观，频频在市区道路两旁种上枫树橡树，其中属赤坂纪伊国坂最为不和谐。尽显宫殿之雅、京都之貌的赤坂离宫的院墙旁，偏偏种上一排排异国风情的道旁树，实在太过突兀。而山手一带，特别是护城河边的路上，道旁树更是无用。山手一带本就树木众多，无须道旁树添绿。道旁树种在繁华的下町效果最佳。银座驹形人形町路的柳荫下，夏夜摊铺热闹，虽没有电风扇，但有天然凉风吹拂，宛如星空下的一座大型商场。

除此之外，市内还有青山练兵场内不知名的树木，亦有本乡西片町阿部伯爵家的米槠、同区弓町的大樟树、芝三田蜂须贺侯爵宅邸的米槠等名树，在此不再一一赘述。

第四篇

地图

以蝙蝠伞为杖，趿拉着晴日木屐漫步于市内，我总爱怀揣一张便于携带的嘉永版江户区域图。此举并非嫌弃时下出版的石板印刷的东京地图，亦非恋慕旧时的木版绘图，而是当我趿着晴日木屐走在现代的街道上时，对照旧地图，便能轻松地将往昔江户与今之东京做一番对比。

比如，牛込弁天町一带，由于道路拓宽变得面目全非，但是后街的小河上还留有一座根来桥。当我对照着江户地图，知道这里曾是根来组同心的宅邸时，内心激动得仿佛得到了一个历史大发现。除了满足这样无所裨益的自娱之心外，旧地图还有一大好处。踏雪赏月看花的名所、神社佛阁的位置，都以醒目颜色标记，有的地方还会加注说明，比如从这一片到那一片有几町，哪里树苗店多等等。论精密程度，陆地测量部绘制的东京地图自然无人能及，但这样的地图看起来索然无味，更

現金
無掛直
組

叫人无从想象风景如何。用千足虫的脚一样的符号表示地势的高低，以几万分之一之类的尺度无限追求正确性和精密度，反而失去了临机应变的自由，让看的人只觉繁杂。江户绘图则不同，可以在上野樱开之处随意描上几朵樱花，在柳原堤坝添上几叶柳丝。若从飞鸟山望见远处日光筑波的山峦，便可随即在云端抹上几笔山影。这种以截然相反的方式和态度制成的图，令人看得津津有味又深得要领。从这个意义上来说，不甚精确的江户绘图反而比精确无比的东京新地图更直观、形象。纵观现代西方制度，从政治法律到教育亦如此。现代审判制度犹如繁杂的东京地图，而大冈越前守的眼力恰似江户绘图。换句话说，东京地图是几何学，而江户绘图则接近美学。

江户绘图与晴日木屐和蝙蝠伞一同，成了我散步中不可或缺的伴侣。有了它，漫步于未知的小巷，会产生仿佛置身于那个时代的心情。现在的东京不管去往何处，若没有遇到让人流连忘返的风景，或美丽庄严的建筑，则必强行自寻一些乐趣出来。否则，再无聊的人，也不堪忍受东京的散步。比如，凭借着从西洋文学中舶来的思想，将银座街角的狮子想象成巴黎的咖啡馆，把帝国剧场当成歌剧院，这种对整个东京进行西洋式幻想的做法，或许对一些人来说不失为一种乐趣。但是，对于那些对现代日本中存在的诸如森永的西洋果子、女优的舞蹈之类的西洋式伪文明感到拙劣无味的人们而言，东京这座都会的趣味在于尚古退步。当我们看到市谷外护城河的填埋施工现场，无论如何也想象不出来这里将诞生怎样的新的美丽景观时，爱惜之情油然而生，不禁怀念起护城河中莲花馥郁的往昔来。

出了四谷御门，站在刚好位于迂回的外护城河堤拐弯处的本村町坡上，顺着低走的地势放眼望去，从市谷经牛込直至远处小石川的高地，可称得上全东京最美的风景。待到市谷八幡的樱花凋谢、茶木稻荷神社的茶树篱笆抽芽之时，沿着护城河畔的道路，行至牛込小石川的高地，青翠欲滴的新树梢头悠悠飘过初夏的凉云，让我不由得想起天明时代以山手为中心，江户狂歌盛行的风雅。《狂歌才藏集·夏卷》中有曰：

首夏

——马场金埒

花落犹如大根泥，今朝横云似鲣鱼。

新树

——纪躬鹿

花山香囊春逝去，化作青叶满目稠。

更衣

——地形方丸

夏来拆抽袄中棉，袖口还留春日纸。

江户刚改称为东京时的东京绘图也与江户绘图一样，给我的晴日木屐散步增添了许多趣味。

我还记得，小石川父亲家的门牌上写着第四大区第几小区几町几番地的字样。东京府划分为现在的十五区六郡，正好是在我出生的时候。在那之前则分为十一大区。

我常常对照着柳北的随笔、芳几的锦绘、清亲的名所绘和东京绘图，感受明治初年那个混沌的新时代，并以此为乐。

在市内散步，打开时下的东京绘图就会发现，各处重要的大名宅邸几乎都变成了海陆军的用地。下谷佐竹的宅院变成了练兵场，市谷和户冢村的尾州侯藩邸以及小石川的水户宅邸，皆由陆军所辖，著名的庭园也渐遭践踏。铁砲洲白河乐翁公郊外别邸的浴恩园，与小石川的后乐园齐名，为江户名苑之一，现如今却成了海军省的军人聚众饮酒的俱乐部。目光由江户绘图转向东京地图，仿佛在读法兰西革命史，任谁看都会被打动，甚至有时候会有更深的感触。因为法兰西市民并不因政变就肆意摧毁凡尔赛宫、卢浮宫之类的大型国民性美术建筑。反观我们的现代官僚教育虽常尊孔孟之教、忠孝仁义之道，但每每经过御茶水，望着高悬“仰高”二字的大成殿山门，却是一派瓦残草荒，任风雨摧残，而世人早已见怪不怪，我等唯有哑然矣。

第五篇

寺

只要打开江户绘图，你就会发现寺院神社遍布于江户的东西南北。数量之多，到了如果除去诸侯馆邸、武家宅院、神社佛阁，江户城面积就所剩无几的程度。自明治初年神佛分离以来，特别是近年来的市区改造中，很多佛寺被取缔。尽管如此，坡上崖下、河畔桥边，寺门和堂檐依然随处可见。一座大寺周围连着几座被称作塔中或寺中的小寺，甚至以寺命名的寺町在下谷、浅草、牛込、四谷、芝等各区都能找到。在漫无目的的散步中，我会不自觉地趿拉着木屐往这些寺庙众多的町去。

上野宽永寺的楼阁早年受过兵火之殃，芝增上寺的本堂也曾接二连三遭遇火灾，谷中天王寺微微倾斜的五重塔亦留下了过往的痕迹。本所罗汉寺的荣螺堂业已荒废，所幸寺内五百罗汉被转移，现多数保存在郊外目黑的一座寺院内。如今东京市内存貌尚好的寺庙仅余浅草观音堂、音羽护国寺的山门等二三处。从历史或美术角度看，东京寺院自然谈不上多有趣。我无意有计划地遍访东京寺院，也没有企图发现一座不为人所知的新寺庙。只是当我经过贫房紧挨的巷子，意外发现路边几近倒塌的寺门时，不禁一边感叹着“原来在这种地方也有这样的寺庙啊”，一边从门外向内窥视，看见碧绿的青苔和盛开在古池里的水草花，内心就会欢喜不已。与京都镰仓的名寺不同，这些散落在东京各处的“无聊”寺庙，实际上自有一番趣味。这种趣味并不来自寺院建筑本身或其历史感，而类似于阅读小说中的景色描写或观察戏剧里的道具背景的趣味。我去本所深川的河边散步，晚潮从低缓的河岸快漫到路上，货船、肥料船的竹帘子看起来反而比贫房屋顶还要高，这时远处巍然耸立的寺院屋檐突然进入视线，常常会让我想起墨阿弥剧中的背景。

散发着泥腥臭的河道、腐烂的木桥、肥料船垃圾船、一排排长屋，于这些要素构成的惨淡光景中，忽闻寺院的屋檐传来的木鱼声和钟声。这般情趣在浅草、下谷一带也能感受到。如若抛开近代的社会问题，仅从绘画的画意来说，东京的贫民窟较伦敦纽约的贫民窟，于相同的悲惨中还隐藏着一种寂静。在深川、小名木川至猿江一带的工厂町，工厂建筑、从无数烟囱中吐出的煤烟、无止歇的机器震响，显现出西洋式悲惨光景里躁动的一面，但在城边巷子、后巷长屋的贫民区里，人们延续着江户时代湮没于世的生活，一种怠惰、无责任感的愚民们的疲乏、哀伤、隐忍的生活。近来，一些政治家和新闻记者为了扩张各自党派的势力，急于将人权问题牵涉于此。过不了几年，法华的团扇太鼓、百万遍的诵经声就将消失，巷子里的自来水道公用阀周围也将传来有关人权问题和劳动问题的喧嚷的演说。不知是幸运还是不幸，在还未被完全文明化的后巷长屋的巷子里，偶尔能听到巫女梓木弓的歌声，也能听到清元小曲，还能看见盂兰盆节的灯笼和缥缈的迎魂火的烟。倘若有一天，他们身上这种从江户专制时代继承下来的不怨不争的精神根底，在新时代教育的感化下逐渐消失，接触到全是觉醒和反抗的新空气，我认为那个时候才是下层社会悲惨生活的开始。我相信那也意味着政治家和新闻记者中饱私欲时代的来临。弱者得利的时代终会到来吧。而弱者忘记自己的弱小，被轻浮的时代之声所诱惑，直教人痛心。

我并不是为了一己之兴趣，而对这些古寺、荒墓、后巷的存在感到高兴。生活于此的人们，他们身上保留了江户专制时代的迷信和无知，而我期望通过接触其生活的表象，给自己的精神修养增益。每每走在下谷、浅草、本所、深川附近古寺众多的沿河町，我从所见所闻中发生了许多感慨，也得到了不少教训。我并非不相信日新月异的近代医学的疗效，也不是不相信电气治疗、镭矿温泉的神奇，只是想到住在这肮脏后巷的虚无的人们，至今还将性命寄托于迷信和煎药上。他们认为世事如梦，早已放弃挣扎。这种长居医学落后的角落面对疾病苦难时表现出的泰然和生活的简易，使我心中涌起深深的敬慕。近代为了迎合世人而创造的一些所谓“便利”最为无用。东京的书生像美国人一样，使用起万年笔以来，到底推动文学和科学产生了多大的进步？电车和汽车是否真的为东京市民节省了大量的时间？

在下町的寺院和附近的巷子探寻之余，山手坂道上的寺庙自然也不能忘。山手的坂道常常与山脚下高耸的

寺院屋檐、树木一起，构成一幅好图画。眺望寺院屋檐最为愉悦。以怪异的瓦脊为起点看那如同奔流倾斜而下的瓦檐，无论自下而上仰望，还是自上而下俯瞰，都极为舒适。近来，日本人大兴土木，模仿建造欧美各国建筑，但在我看来，这些建筑皆不及寺观屋檐的雄大之美。对新时代建筑的失望，不单在于建筑样式的西化，还在于建筑与周围风景的不和谐。现代人喜欢用炼瓦的红搭配松杉的浓绿和日本晴空固有的蓝，总显得不相称。日本的自然之色本就强烈，而将之与油漆或炼瓦的颜色相配，实属无谋。看看寺院的屋檐、厢房和回廊吧！日本的寺院建筑，无论位于山、河、村、都还是别处，必定与周围的树木和天空和谐地构成极具日本特色的风景。两者相互融合，无法分离。神社佛阁与周围风景的关系，乃至京都、宇治、奈良、宫岛、日光等地的，暂且交给日本旅行者去研究，下面我将讲讲并不足以夸赞的东京市内的建筑与风景。

不忍池上的辨天堂与其前面的石桥，相衬着上野山的松杉和满池盛开的莲花，画面极为和谐。已有如此草木和风景，却在其间建造一些西式建筑和桥梁，然后心平气和地在桥上赏莲观鱼逗龟，现代人的这种心理是我无法理解的。而浅草观音堂和寺内的老银杏树，上野的清水堂与春樱红叶的对照，则都是展现日本特有植物与建筑和谐相融的好例子。

建筑由人工造就，不依赖风土气候，在亚洲的土地上完全能造出欧式塔楼来。但是天然植物不以人所动。在这一点上，“没有感情”的植物远比最伟大的艺术家哲学家更有自知之明。即便要模仿西洋文明，但凡日本人对本国国土上特有的植物倾注再多一点的感情，也不至于像现在这样肆意毁坏故土的风景和建筑。为了方便拉电线，毫不客气地砍掉道旁树。不顾影响名所景观和古树，一味地打造红瓦高楼，其实是一种从根本上破坏本国特色和外来文明的暴行。正因为这种暴行，即便日本成了二十世纪的强国，那也是外观上的强国，是牺牲了自身宝贵内在的强国。

踏进上野博物馆，看着表庆馆旁残活着的古松与红瓦建筑，不禁让人产生一种奇特的感觉：这里是收藏

日本古典美术的宝库吗？每每走在日本桥的大街上，看着三井三越等竞相林立的美式高楼商厦，我甚至会冒出天真的念头：如果东京的实业家们对日本桥、骏河町这些地名的真正含义和传说有了解和兴趣的话，就会多少保留一些可供人从繁华的市区望见日本晴空下的富士山这一传统景观的地方吧？朝雪夕月，季节更迭，外护城河畔的松柏作为如今市区第一大风景，最是赏心悦目，相比之下越发觉得近来在四谷御门新建的红色耶稣学校这一庞然建筑的可憎。看惯了这些不和谐的街区景象，市内残存的寺院神社里空寂的堂宇和逼仄的内堂，都会给我内心以无限的慰藉。

踏寻市内寺院神社，最给人以深邃感的不是瞻仰境内的本堂建筑，而是穿过矗立在路旁的综门，站在长长的石板路这头，静静远眺对面以树木和本堂钟楼屋宇为背景耸立的中门或山门。一如在浅草观音堂，从仲店的石板路远望二王门，抑或是从麻布广尾桥畔远观路尽头的祥云寺门，又或是从芝大门，遥望两旁小寺连绵的道路尽头的朱红楼门，可能是气候和光线的原因，日本建筑的远景较之巴黎凯旋门的远景，总给人扁平的感觉。歌川丰春等人绘制的浮世绘的远景木版画已经将这一日式体验感完全表现出来了。

除了拉开适当的距离远望寺门，我还喜欢以敞开的寺门为画框看寺内，或者踏入寺门，从寺内看门外，又会有另一番趣味。我在《大洼书信》等作品中曾提到，从寺门看内外风景最为有趣的地方是浅草的二王门和随身门，在此不再赘述。

寺门与本堂建筑之间保持适当的距离，这种构造可以让踏入境内的人通过远眺自然生成虔诚敬畏之心。一扇扇寺门宛如西洋管弦乐的序曲一般。首先是综门，然后是中门，之后穿过幽邃的境内，最后才出现本堂。神社也一样，先是鸟居，后是楼门，过了楼门才到达本殿。两者间都设置了相应的距离。有了这个距离，日本寺院和神社的威严才得以保持。因此，从美术角度来研究寺院神社建筑的人，在集中于建筑本身之前，要先观察境内整体的设计及其地势。正如冈斯 、米根等日本美术研究者和旅行者所论及，这是由于日本寺院与西洋不同的缘故——西洋的教堂大多单独屹立在路旁，而日本的寺院无论多小，皆有寺门把守。芝增上寺的楼门之所以看起来气派，是因为门前有广阔的松原。麹町日枝神社的山门之所以幽邃，除了周围的杉树林，还因了前面的那一段高阶。日本的神社寺院是融合了建筑、地势和树木的极为复杂的美术综合体，因此，境内一株老树的枯死，对寺院整体而言都是一种难以修缮的破损。更进一步说，基于古老社寺珍贵的美术效果，京都奈良整个市街的风貌要当作境内去考量，即市街的停车场、旅馆、官衙、学校等建筑风格的打造，须十分小心，不能破坏市街古神社寺庙的历史风致。然而，近年京都道路屋舍以及桥梁的改建，完全违背了这一精神。不管日本多贫穷，让京都奈良保留其旧都原貌，努力开拓新区域作为补偿，从整个工商业发展的角度来看，这样做也不会招致太大的损失。而营营碌碌于眼前的小利，无暇评估世界独一无二的本国宝物，说起来实在是小国人的气度。忍不住又多嘴了。世间如何与我何干？我只要一个人趿拉着晴日木屐，静静地踱步于后街便好。恐招无趣，议论就此打住。

第六篇

水 附渡船

在我的随笔《大洼书信》里，我已提到法国人埃米尔·曼尤所著《都市美论》一书的有趣之处。他在《都市水之美》一章里，先是从世界各国的都市与河流江湾的审美关系这宏观角度出发，进而着眼于运河、沼泽、喷泉、桥梁等细微之处进行论述，并且补充说明了倒映在水流中的街市灯火之美。

说起东京市街与水的审美关系，水是江户时代以来保持东京美观的第一大要素。在陆路运输尚不发达的江户时代，作为天然河流的隅田川和与其相通的几条运河，成了江户商业的命脉。与此同时，对于市民而言，这些河川给予他们春夏秋冬四季的娱乐，也使其创造出了具有不朽价值的诗歌绘画。如今，东京市内的水流单纯用于运输，而失去了传统的美学价值。隅田川自不必说，至于神田的御茶水、本所的竖川等河流，古时人们可以从驳船的栈桥乘着猪牙船去往山谷、柳岛、深川嬉戏，而今，这般风流之事早已不被允许，甚至连撒网垂钓的娱乐权利也被剥夺。现在的隅田川既不会使人产生流连于巴黎塞纳河畔时那般美好的感情，也无法让人想象出纽约的哈德逊、伦敦的泰晤士河那种富国的壮观。东京市内的河流与其入海口的品川湾一样，既不壮美也不宏大，更不繁华，无论从哪个方面来看都极其无聊。如今在东京市区散步，比较能引起人兴趣的依然是水流船动、桥浮于水面上的景色。

谈到东京的水，首先要分一分类。第一类是品川的海湾，第二类是隅田川、中川、六乡川等天然河流，第三类是小石川的江户川、神田的神田川、王子的音无川等细流，第四类是流经本所深川、日本桥、京桥、下谷、浅草等繁华街区的运河，第五类是芝的樱川、根津的蓝染川、麻布的古川、下谷的忍川等名不副实的沟渠或下水沟，第六类是环绕江户城的几重护城河，第七类是不忍池、角筈十二社等池塘。江户时代名井很多，比如三宅坡旁的樱井、清水谷的柳井、汤岛天满宫的御福井等等，但自江户更名为东京后，这些名井便完全被世人所遗忘，

甚至连在哪儿都无人知晓了。

仔细说来，东京市有海、河、护城河、沟渠等，既有流动的水，也有沉淀不动的死水，种类颇多。品川的入海口眼下正在大建港口，将来会变成什么样无法想象。多年来，我们看惯了品川的海，除了仅有的通往房州的蒸汽船和拖动圆圆的达摩船的拖船外，那其实是一片与东京大都会的繁荣没有直接关系的泥海。潮退之时，泥泞尽显，近岸处观海蛆在旧木屐、木炭草包、碗盘木勺上蠕动。时有抓沙蚕的人提着桶，翻挖着这片肮脏如下水沟一般的泥沼地。远处浅滩与深海分界处的洋面上杵着木桩，从岸边望过去宛如尘芥，只有漂浮在海面上的牡蛎船和海苔船，能带给追忆江户往昔之人些许情致。对于这座现代首府而言，这个既无实用性也不具装饰性的品川湾，与浮在八山海面同样无用的御台场相呼应，散发着业已被抛弃的旧时代遗物的悲哀气韵。天气好的时候，能够望见白帆、浮云，以及安房上综的山影，即便这样，恐怕也不能唤起现代东京人如花川户助六在台词中咏诵的那般爽快心情了。眺望品川湾的风雅早已在世事变迁中湮灭，而对新兴风景的兴趣直至今天还未形成。

芝浦赏月、高轮二十六夜待已不再是这个时代的话题，诉说着南品风流的楼台如今也成了肮脏的妓院。明治二十七八年，江见水荫以该地娼妓为题材写了小说《泥水清水》，其中一篇被评为当时砚友社文坛的杰作。现在回想起来，文章描绘的仿佛是一个遥远年代的故事了。

与品川的景色相反，货船的桅杆和工厂烟囱林立的大川口则洋溢着一种西洋漫画的趣味，或许能在今后很长一段时间内取悦于某一派诗人。木下杢太郎、北原白秋诸家的某个时期的很多诗篇，正是有感于从筑地的旧租界到月岛永代桥附近那一带的生活及风景而写下的。背对着石川岛的工厂，望着船桅相连停泊着的日式货船、西式风力船，一种特殊的诗情油然而生。每当我经过永代桥时，面对着充满生机的河口风景，会想起多奥迪的《拉·尼凡尔奈》——一篇描写来往于塞恩河上的货船生活的作品。如今的永代桥，没有留下一处能让人回忆起过往的景物。也正因为如此，我反而觉得改造为铁桥

構中

后的永代桥将胜于吾妻桥、两国桥。新的铁桥与新的河口风景恰好融合在了一起。

在我十五六岁的时候，永代桥下泊着一艘船体腐朽的旧幕府军舰，用作商船学校的练习船。还记得那是我与同级的中学生划着从浅草桥的船家借来的小舟，在这一片游逛，参观河面上停泊的风力船，还从一脸凶相的船长那里收获了很多椰子。我们听着船长讲述他操纵着这艘小小的风力船远航至南洋的事，仿佛在听鲁宾孙的冒险故事，于是暗下决心自己将来也要想办法成为一名勇猛的航海者。

还有一次，我们从筑地河岸的船家借来四条橹的小船，往千住划去。回来时刚好遭遇退潮，小船被冲到快到佃岛的地方时，猛地撞上了对面一艘扬帆而来的大型高濑船，所幸无人受伤，但是船舷护板被撞得四分五裂，还断了一支船桨。同船的都是同龄的孩子，连划船出游都不敢告诉家人，所以十分担心被船家索要赔偿金。于是我们把船拉到佃岛的沙滩上，一边往外舀水一边商量着对策。最后，一行人把船划到滨御殿的石墙下，忍着饥饿，等到河面完全变黑，把船停靠在船家的栈桥后，趁船家主人未发现，一把抓起存在店里的背包，头也不回地跑掉了，直到跑到银座的大街才松了一口气。那个时候，东京府立中学还位于筑地，那一带的船家除了钓鱼船外，还出租小船。如今沿着筑地的河岸散步，我已无法辨识出那个船家的确切位置。只短短的二十年时间，少年时代的记忆就已无迹可寻，东京市街的急剧变化真令人惊叹。

对大川沿岸的风景，最有兴趣的当数刚刚提到的永代桥河口的远眺之景了。吾妻桥、两国桥的风景一眼望去显得过于杂乱，不像永代桥可以将人的兴致集中于一处。比如浅野水泥公司的工厂与新大桥对面残存的旧火警瞭望台、浅草藏前的电灯公司与驹形堂、国技馆与回向院、桥场的天然气储罐与真崎稻荷神社的老树，这些工业化的近代光景与江户名所的悲凉遗迹，一幕又一幕，打乱着我的思绪。所以，比起过去与现在、荒废与进步的景象甚为混杂的大川沿岸，我会选择深川小名木川至猿江后面的地带。这一片完全变成了工厂区，很难寻见江户名所遗迹。大川沿岸从千住至两国那一带，工业化的入侵还非常缓慢。本所小梅到押上一带也一样。本想着将其作为新工厂区来看待，可放眼望去，柳岛的妙见堂和料理店的桥本就显得有些碍眼。

除了深川的小名木川，无论哪个地方的运河风景，都比隅田川两岸要给人以完整感。比如，从箱崎町的永久桥或是菖蒲河岸的女桥望过去，中洲和一出箱崎町之间的河道宛如海湾，无数的货船在此形成部落之景观。日暮风歇时，炊烟争相摇曳起来，颇有江南泽国的意趣。所有沟渠运河最富活力的风景，往往在类似于中洲这样几方细流汇聚到较为宽阔的河道的地方，或者在像深川的扇桥这样长长的沟渠交汇成十字的地方。本所柳原的新辻桥、京桥八丁堀的白鱼桥、灵岸岛的灵岸桥一带，河道的水或分或合，桥梁相连，水流相激，船舶擦肩而过。我背对日本桥站在江户桥上，眺望菱形的广阔水域，一边是荒布桥、思岸桥，一边是铠桥，沿岸的商家仓库与街上桥头的繁华杂沓相合，形成了东京市内河道中最为伟大壮观的景象。特别是岁末之夜，桥上往来的车灯与沿岸的灯火交错，光影彻夜在水面上荡漾，比银座街头的灯火更美妙动人。

河岸上到处都是货运码头。对于对东京世俗生活有兴趣的人来说，这又是一番足以使他们驻足观望的风景。夏日艳阳天，从神田的镰仓河岸、牛込货运码头河岸经过，就会看见拉货的马跟着马夫在大柳树下打盹。沙子堆、瓦砾堆、河泥堆的背阴处，卖牛肉饭或面团汤的小贩支起摊来。有时候刨冰小贩也会在此做买卖。在后面推车的车夫老婆一身男人的打扮，把小儿往沙堆上一扔，便忙活起其他事来。旁边，一只瘦鸡啄完掉落在地上的食物，又等着啄将要从马屁股里掉下的马粪。每每看到这样的画面，我就会联想到北斋或米勒，激起满腔的写实主义绘画兴趣来，又为自己贫乏的绘画天赋而嗟叹不已。

除了上述河流和运河之外，要想了解东京之水的美，还得去看看各处下水沟的水流汇聚成大川的景象。好笑的是，东京的这种沟川多半都有与事实不符的美好名字。比如芝爱宕下[①]的青松寺前面的水流，自古被称为樱川。

①芝爱宕下：地名，东海道与爱岩山、增上寺之间的区域。

如今已被填埋掉的神田锻冶町的下水沟被称为逢初川，从桥场综泉寺后面流至真崎的排水渠被叫作思川，小石川金刚寺坡下的下水沟被叫作人参川。江户时代，这些沟川大抵是从寺院门前或大名宅邸的墙外这些醒目的地方流过的，所以当地百姓将其中特殊的感情寄寓在了名字上。但是如今的东京，这些下水的沟渠仍被称作川，就显得十分滑稽和夸张了。这种名实不副的现象还体现在别处。东京市内的一些地名，延续了江户时代或者更早以前的传说，比如地势低洼的地方犹如万丈高山间的幽谷，就取了地狱谷（位于麹町）、千日谷（位于四谷鲛桥）、我善坊谷（位于麻布）等名字；地势高抬的地方犹如巍峨的山岳，便取名爱宕山、道灌山、待乳山等；没有岛的地方也叫柳岛、三和岛、向岛等，没有森林的地方也叫作乌森、鹭森等。所以，第一次来东京的外地人，时常因为搞错换乘站或在市区迷路而恼火，抑或因为这名不副实的地名而对东京生了几分厌恶。

沟川原本就是下水沟。《紫一本》里有关于芝的宇田川的记载：“溜池屋舍的下水自爱宕下流经增上寺的后门，最后汇于此。爱宕下，也有屋舍的下水汇入，故宇田川桥边看似如大川一般，实则上游为下水。”江户市内，自古由下水汇聚成的河川颇多。下水汇聚成的水流经过道路、坡底，渐变宽阔，到最后汇入天然河流或者大海之处，形成可以往来传马船[①]的宽阔水域。麻布的古川流经芝山内后面那一段，被更名为赤羽川。赤羽川绕山内树木和五重塔高耸的山麓流过，不仅给予人舟楫之便，红叶时节，更有一番四条派[②]画作的味道。王子的音无川亦是在润泽了三河岛的原野后，与山谷堀汇合，同样可以泛舟。

下水与沟川连同架于其上的朽烂的木桥、倒塌的寺庙围墙、枯败的篱笆，以及贫穷的人家相互呼应，组成一幅沉郁的后巷光景。一如小石川柳町的小河、本乡本妙寺坡下的沟川、团子坂下通至根津的蓝染川，在其流经的后巷，每逢大雨，必遭泛滥之灾。沟川与贫民窟相互映照的景象中，最悲惨的要数麻布的古川桥至三之桥

①传马船：往返于大型船舶与港岸之间的搬运货物的小船。
②四条派：日本绘画流派之一，活跃于18—19世纪。

之间的沿岸人家了。由破铁皮片和腐朽的屋顶板搭建而成的蓬门荜户绵延数个街区，左右夹着污水，房檐倾斜相对。每逢春秋变化之际，大雨持续不止，污水从芝和麻布的高地上如瀑布般冲刷而下，瞬间将两岸淹没，漫过腐烂的地基浸到破烂的榻榻米上来。雨停之时，泡水的家具、铺盖，和一些不知为何的破烂之物在屋檐下或窗户上搭着，宛若旗幡一般。皮肤黝黑的裸体男人，脏兮兮的只裹了件内衣的女人，就连背着弟妹的幼女，都纷纷抓起笊篱、竹筐、木桶，跳进污水里，争相捕捞着从富裕宅邸的池塘里流出来的杂鱼。从桥上路过望下去，在雨后晴空之下，眼中反而呈现出一派壮观的景象。这种壮观，与看到军队齐刷刷的队列，或者舞台上的大名阵仗一样，——分开来看极为平常，但聚集在一起时，则立刻形成一种意想不到的美丽与威严。从古川桥眺望雨后贫民人家的情景即为如此。

江户城的护城河可登水美之冠。但笔墨之力难胜绘画之技，故我只举几个自古有名之地，比如代官町的莲池御门、三宅坡下的樱田御门、九段坂下的牛渊等。

自古有不忍池之胜景。每年秋天，在看完竹台画展回去的路上，向冈夕阳倒映在败荷的莲池里，形成一幅天然画作。它比媚俗的绘画展品，更让我流连。我深知，比起品评现代美术，独自沉浸于自然画趣之中可以获得更多的平和和幸福。

不忍池是现今市内保留下来的最后一个池子。被誉为江户名所的镜池和姥池已无迹可寻。浅草寺境内的辨天山池已变成商铺，赤坂的溜池也被填埋。我担心将来不忍池也会遭遇同样的命运。老树苍郁的山王胜地，因山麓上有映照其翠绿的溜池，才显现出山水之趣。如果上野山失去不忍池的水，那就相当于拧断了胳膊的木偶。都会愈繁华，愈要保护好自然地形形成的美景。城市里的自然风景有着用财力也无法造就的威严与品格。无论巴黎还是伦敦，都看不到荷叶碧连天的大池塘。

关于都市的水，最后再说一下渡船。随着东京城市整顿，桥梁之便得以显现，渡船逐渐被淘汰。追溯到江户时代，自元禄九年永代桥建成，有大渡口之称的大川口渡口便永存于《江户鹿子》《江户爵》等古书中了。御厩河岸的渡铠渡口，以及市内诸渡口，在明治初年桥梁工程竣工后便消失了，现在只能在浮世绘中一窥当时的情形。

不过，在东京市内渡口并未完全消失。比如，以两国桥为界，上游有富士见渡口，下游有安宅渡口。月岛的填海工程完工后，筑地的海岸上又出现了一个新的曳船渡口。向岛有著名的竹屋渡口，桥场有桥场渡口。本所竖川、深川小名木川边上还有几个使用荷足船的小渡口。

铁道的便利，从生于近代的我们的感情里，夺走了被叫作羁旅的淳朴哀伤的诗情。同样的，桥梁的出现，将渡船那种古朴悠缓的情趣从近代都市里剔除了。放眼当今世界，留有渡船这一古雅之趣的大都会，恐怕只有东京了吧？美国的城市中虽有装载火车的大渡船，但没有如竹屋渡口那样的，经河水洗涤出漂亮木纹的木船，和以栎橹和竹桨划行的如彩绘一般美的渡船。对于在向岛的三围、白髭建造新桥这件事，我绝无悲伤之意。我只是希望，就像不管有没有在两国桥上下游至今还保留渡口一样，隅田川及其他川流也能像从前一样，保留下渡船。

喜欢在桥面上顾盼栏杆左右宽阔水流的人，自然也会明白下到岸边，坐上渡船，与海鸥一起在缓缓的水波里摇曳着抵达对岸的快乐。城市的街道有了桥梁之便，使得车辆能够自由驰骋。然而舍弃交通的便利，于岸边静待渡船的心境，和避开沥青大马路，偏偏喜欢穿梭于后巷有几分相似。渡船与开车坐电车的东京市民的公共生活没有太多关系，但是，对于背负重荷辗转于大街小巷的人来说，渡船是一种极大的休憩方式，而对于如我这般的闲人来说，则给予了近代生活中难以体验到的感官上的慰藉。

木造的渡船和年老的艄公是现在乃至将来的东京最为宝贵的古董之一，连同古树、寺院、城墙一起，是应该得到保护的城市宝物。当然，城市与个人住宅一样，是需要适应每个时代的生活之需而不断改建的。但是，当我们去拜访某户人家时，坐在客厅的榻榻米上看见墙上挂着祖上留下来的书画时，自然会对主人肃然起敬。城市也应如此，在其动态变化的另一面，当尽力保存传统古迹，保持自身品位。基于此，我对渡船加以论述，绝不是因着我自身的一个狭隘倒退的兴趣。

第七篇

巷子

第七篇 巷子

铁桥和渡船的比较，让我联想到了巷子的趣味。巷子相对于气派的大马路是一种隐蔽的存在。西洋式店铺林立的大街相当于电车往来的铁桥，而背阴处昏暗的巷子恰有几分渡船的那种可怜意味。式亭三马的通俗小说《浮世床》里，有一幅歌川国直的巷口插画。歌川丰国在描绘享和二年各阶层的女性风俗画本《时势妆》中，画了巷子的景象。一如浮世绘所示，巷子古往今来一直都是底层百姓的栖身之所，在这里上演着从向阳大街无法窥见的种种生活，有贫苦人家的无常，有隐居之士的平和，有失败受挫之人的窘迫和怠惰，为其化作无责任的乐土，此外也见证了相爱之人新家庭的组建，抑或冒险的私通。巷子虽窄且短，却犹如长篇小说，富有趣味和变化。

如今的东京大街，银座至日本桥自不必说，上野的广小路、浅草的驹形路等等，到处充斥着西洋式建筑、油漆看板、细弱的道旁树，再加上毫无节制地挺立着的电线杆子和让人眩晕的电线网，完全丧失了江户市街的寂静之美，又无法与律动感十足的西洋市街媲美。如此不三不四的市街，若没有风雨雪月夕阳的帮衬，实在无法让人产生艺术上的兴致。每每走在大街上，这种不快和厌恶的情绪愈演愈烈，促使我将兴趣转向藏于街后的一条条小巷。

巷子有宽有窄，宽可通人力车，窄如土仓或住家间的过道，一个人通过都费劲。阶级职业的不同，又使得巷子呈现出各种面貌。日本桥旁的木原店，因成排的饮食店门前灯笼高挂而得食伤新道之名。从吾妻桥跟前名为东桥亭的曲艺场一角拐进花川户巷子，这里艺人戏子、各路师傅汇集一堂，曾经的猿若町新道也不过如此吧。夜晚热闹的八丁堀北岛町的巷子里，一边是评书的场子，一边是娘义太夫①场子，两两相对，娘义太夫看客的打拍子声混响着说书人的纸扇声。两国的广小路的

①娘义太夫：净琉璃的流派之一。贞享年间（1684—1687），由竹本义太夫创始。

石板巷子里，杂货铺手袋店煎饼屋等各式小店热闹非凡，宛如露天市场的走廊。横山町也有一条巷子，气派的石板路两旁，制作长门烟筒手袋毛笔的批发店一间连着一间，整个巷子仿佛是一座仓库。有艺伎店的巷子自然妖媚艳俗，而此类巷子中，比起新桥柳桥的，私以为观新富座后面那一带沟渠的夜景和戏院后面最为有趣。葭町、艺伎町的巷子最长，最错综复杂，犹如迷宫一般。巷子里有仓库式的当铺，也能看见德贤人士幽居的木墙。我在拙作《隅田川》中，如实描绘了当时这个巷子的情形。

我对巷子的兴趣来源于一种可以称为平民画趣的艺术兴味，一如欣赏西洋铜版画或品味浮世绘那般。于巷子尽头驻足回望，这一头日光被两旁逼仄的建筑挡住，格外阴暗潮湿。而对面的巷子口，清晰地截取了大路的一部分，显得十分明亮热闹。特别是日光普照的大路对面，随风摇曳的柳枝或广告旗之间，来往行人如影子一般出现又消失，像极了灯光照射下的戏剧舞台。到了晚上，站在这一头，视线穿过漆黑的巷子望向大街上的灯火时，又别有一番趣味。沿河街区的巷子，有时候从巷口还能望见河岸路、桥栏，甚至驶过的船帆。如此佳景乃绝品中的绝品。

无论多么精密的东京地图，都无法完整地把巷子描绘出来。何处进何处出？是不是条死胡同？这些只有巷子里的人才知道，偶尔从那里经过的行人是很难弄清楚的。巷名一般很古老，多自江户时代沿用至今，比如中桥的狩野新道，类似的具有历史渊源的还有很多。不过，这些名字多半只在老巷子人中间通用，没有一个经政府认可成为正式的町名。说到底，巷子只存在于平民百姓的日常当中。如同猫狗发现墙垣的破口或缝隙，便将其当作只属于它们的通道，无法在大马路上立足的老百姓，便在大路与大路的缝隙间，创建了适合于他们的栖息之所。巷子不直接受政府管理，它是与城市的面貌品格完全无关的另一处天地。在这里，不必担心贵人车马、富翁豪车的震响惊扰到巷中人午睡的美梦。夏有在格子门外光着身子乘凉的自由，冬有围在火炉边听隔壁三味线

的乐趣。不买报纸，世间的传闻也可通过爱管闲事的女人之嘴传到这里，哮喘老人的咳嗽声可起到半夜防贼的作用。巷子仿佛是小说中的世界，无法言语的生活之哀中，蕴藏着深刻的滑稽之趣。所有这个世界的感情和生活，与构成这个世界的格子窗、臭水沟盖、晾台、木门、防盗墙顶等道具是一致的。从这个意义上来说，巷子不失为一个浑然天成的和谐的艺术世界。

第八篇

空地

第八篇 空地

在市内散步，除了上文所说的巷子，空地也是一个好去处。于市内繁华街道上，可以看到长着葫芦花、牵牛花、露草、车前草等的空地。

空地原本就是不受时空限制偶然形成的。除非是测绘师，一般人无法事先知道市内哪里有空地、有什么样的空地，只有经过那里才能得知。不过好在空地随处可见，无须特意去寻找。原本荒草丛生的空地被夷平，很快开始动工，隔壁的房子被推倒，或是在大火中被烧毁，这里就又会出现另外一块空地。一场雨过后，杂草冒尖儿，野花吐蕊，空地很快又变成蝴蝶蜻蜓蝈蝈儿飞舞嬉戏的原野。这时，不管外面有没有栏杆围着，被路人的木屐齿踩出的纵横小径，已成了白天供孩子们游玩、夜晚供男女幽会的好去处。夏夜年轻人得以举行业余相扑比赛，也是因为有空地的缘故。

市内繁华街区的仓库之间的空地，以及货船聚集的河渠附近的空地，好多至今依然是染坊的晾晒场和顶髻绑绳的纺线厂。这样的场景让我瞬间联想到北斋画的素材。有一回，我前去探访芝白金的瑞圣寺——一座以黄檗宗①闻名的禅寺，寺门前的空地上，一名男子正忙碌地操着纺车织顶髻绑绳。此景与荒凉的寺门、周遭贫苦的人家形成对照，我的脑海中不禁浮现出俳句诗人其角吟诗作对的风流故事来。他于茅场町药师堂畔茅庐后面开满蓼花的空地上，看见一个叫文七的人在纺顶髻绑绳。纺车的声响伴着白日茅蜩的鸣叫，更让人心生愉悦。于是，他吟诗一首：

文七莫要踩蜗牛，
元结织时虫声悲，
大弦拨弄惊落雁。

此事载于他的俳文集《类柑子》的《北窗》一章。《类

①黄檗宗：日本佛教流派。由中国高僧隐元于1661年在日本京都创派。

柑子》也是我最爱读的书籍之一。

我读中学那时，东京随处可见大片空地。神田三崎町的原练兵场因流传着杀人犯吊死鬼的传言，夜幕降临后就变成无人踏足的恐怖之地。小石川富坂一侧是炮兵工厂的消防专用地，茂密的树林凹地处纵横交错地流淌着小川一般优美的水沟。诸如下谷的佐竹原、芝的萨摩原，在旧诸侯宅邸全然变成街区后，这些地方依然还保留着原野的名字。

在银座大街上还铺设着马车铁道的年代，由数寄屋桥经幸桥至虎门间的护城河上，旧时的石墙原封不动地被保存着。现在的日比谷公园在那时还是一片一眼望不到尽头的大空地，夕阳余晖照着冬日枯草，风景如武藏野一般。如今，大名小路的遗迹——丸之内三菱原几乎变成了红砖建筑风格的公司办公楼，不过还是留下不少空地。过了锻冶桥进入丸之内时，我常常会远眺东京府厅前面的一大块空地。茂密的杂草丛里，有几处池塘般宽阔的水洼，夕阳的余晖、青空云朵的影子倒映在水中。这种被废弃的荒地，我总觉得曾在中国南方租界的后街上和美国西海岸的新兴小镇里见过几次。

樱田御门外也有废弃的兵营空地。从参谋本部下面的护城河经过，能望见空地上微微高起处爬满杂草的残垣。石头的古色和石墙的砌法自然而然地让人想起大名宅邸还矗立着的往昔。再望向霞关坂一侧孤零零立着的一两栋荒废的红砖平房，相较于以参议、开拓使等官名取代御老中[①]御奉行[②]的明治初年，如今这幅光景反而有一种淡淡的寂寞之意。

明治十年左右，将小林清亲先生的新东京风景写生印制成版画的东京风景画中，有一幅以《外樱田远景》为题的画，描绘了远处树林掩映下的这个兵营的正面。当时都内的百姓仰望着皇城门外这座新建的西洋建筑时，该是怎样的新奇与崇拜啊！稚嫩的新画风和古朴的木板印刷技术相结合，将这种感情生动地表现在了纸面上。在表现时代感情这一点上，不得不说小林先生的风景版画，是很有价值的美术品。去年，木下杢太郎氏在《艺

①老中：日本江户幕府的一种官职。
②奉行：日本江户时代到平安时代的一种官职。

术》第二号上，就小林先生的风景版画，发表了一些最新的研究成果。据说他还将进一步探寻小林先生的经历，对其艺术做更细致的研究。

小林先生的东京风景画与古河默阿弥的世相狂言《笔屋幸兵卫》《明石岛藏》等一样，皆是了解明治初年东京风情的绝好资料。回顾明治维新初年至宪法颁布的明治二十年，东京市街的变化也好，风土人情的变迁也罢，在今天的我看来都甚为有趣。所以，我穿着滑稽的晴日木屐，除了探访江户遗迹，还常常努力寻找明治初年的东京。小林先生版画里的当时的新东京，也就在不到二三十年的时间里，在往更新的第二个东京发展的过程中，渐渐不复踪影。明治六年拆除筋违御门，用其石材新建的那座眼镜桥如今与和它同形状的浅草桥一起，皆被铁桥代替。大川畔的元柳桥连同河边的杨柳全部被铲除，百根桩也被无趣的石墙取代。小林先生的东京风景画中现在仅存虎门旧工学寮的红砖建筑、九段坂上的灯明台、日本银行前的常盘桥等寥寥几处。官衙建筑也只剩樱田外的参谋本部、神田桥内的印刷局、江户桥旁的驿递局还留有当时的风貌。

话题又扯远了。不过，空地和对古都的追忆，两者并非毫无关系。芝赤羽根的旧海军造兵厂[①]如今变成一片几万坪[②]的大空地。这里原本是赫赫有名的有马侯的宅邸，现在位于蛎壳町的水天宫原先就在这个宅邸内。一立斋广重的《东都名胜》中一幅赤羽根图里，寂寞的赤羽根川堤上，杨柳依依，大名宅邸的长屋沿河堤绵延至远处，屋顶上给水天宫捐献的幡旗迎风翻腾。画中的海鼠壁的长屋与朱红的御守御门至去年春天为止，虽已处于破壁残垣状态，但好在还留有当时的风貌，而到了今年，随着宅邸内造兵厂的红砖建筑被拆除，它们也一并消失不见。

那时——今年五月左右，友人久米君突然告诉我，有马宅邸里还留有因猫咪暴动而闻名的古坟，并邀我一起去看看。那天我从庆应义塾回来，便与久米君一起踏

①造兵厂：旧日本陆海军购买、设计、制造、修理兵器、弹药、车辆、船舰的机构和工场。

②坪：土地或房屋面积单位，1 坪约合 3.3 平方米。

入这块空地。就在造兵厂被拆除成为空地、路人的木屐齿在上面踩出纵横小径时，猫冢的传闻开始流行，还登上了两三家报纸。

我们两人站在三田路上的外围河渠边，犹豫着该怎么进去。木板围墙没有一处隙口，河渠也宽到无法跨过去。我们就眼睁睁地看着这距离在空地外围绕来绕去，一直绕到赤羽根川，实在恼火不已。而返回路过的酒家那边，爬坡绕到空地后面也很麻烦，这也足见空地之大。无奈之下，我们在空地的一角找到了一处挂着恩赐财团济生会牌子的入口，装作要办事的样子走了进去。里面跟在外面看见的一样，寂静得连看守人的影子都寻不见。于是，我们便放下心，快步奔至红砖瓦的正房，绕到屋后一看，铁丝网上的铁丝只余上下两根，广阔的空地正面，老树苍郁之处形成一个小丘，小丘下有一个大池塘，男人们和孩子们拿着钓竿，在那里嬉笑打闹。这意外的景象让我们兴致大增。久米君迅速地撩起夏羽织的下摆和袖子，轻快地穿过铁丝网，朝池塘那边跑去。不巧那天我从学校图书馆借了书回来，一手抱着重重的书包，一手拿着蝙蝠伞。不仅如此，我穿的蓝色条纹仙台平夏袴是过世的父亲留下的，所以不管我再怎么往上提，衣服也总往下掉。久米君见了，就隔着铁丝网，将我的重书包和蝙蝠伞接了过去。我夹紧晴日木屐带，高高卷起捻线绸单层羽织下摆，紧紧抓住夏袴，多亏了个儿高，轻松地从铁丝网上面一脚跨了过去。

两人快速横穿过空地上的草地，急匆匆地朝人群聚集的古池跑去。从池子后面矗立的悬崖高度，以及枝条垂落在水面上的老树和岩石的位置来看，在久留米二十余万石城主建造此馆邸的当时，这个池子应该比现在大两三倍，据说在从悬崖的中部还会有瀑布倾泻下来。迄今为止于书中画里所见的江户时代的众多名园朦胧地浮现在我心头。同时，我也更深刻地意识到，我们所创造出来的明治文明，实际上是无情地摧毁这些美景，将其改造成兵营兵器工厂的结果。

池子周围的热闹景象，连浅草公园的垂钓河也比之不及。除了泥鳅鲫鱼，在这里有时候还能钓到大鳗鱼。我们绕过水池，沿着通往悬崖的小径向上攀爬，途中遇到一位老爷子在大树下卖钓具、粗点心、面包之类的东西。老爷子见风使舵的兜售法让人心生佩服。两人不由得停下步子，顺便向他打听了猫冢的位置。老爷子用一副俨然向导的口吻，给我们指了悬崖那边的一条林中小道，还说猫冢如今只剩下一块基石了。

名胜古迹大抵如此，亲眼所见不过这般。不过，一路上的找寻、沿途看到的风景以及当时的心情，可以成为日后谈资。有马的猫冢实际上就是一块石头，比老爷子说的更无趣，甚至都不清楚这到底是不是猫冢的基石。我们只在向下可以望见旧造兵厂一部分建筑的悬崖一角，从遮天蔽日的老树下和杂草丛生的悬崖中部，找到了一两块掉落下来的石头。但是来时的那条悬崖小道和周围风景愉悦了我们。我做梦也没有想到，现在的东京市内还留有如此幽邃的森林。杨柳、米槠、栎树、杉树、山茶等大树间，混杂着石楠、八角金盘等庭院树木，因多年未经修剪，生长得完全与野生丛林一样，枝干层层交错在一起。时值初夏五月，树枝被重重青叶覆蔽，几乎被压弯。不知名的寄生树从大树的疙瘩、树干的分叉处垂下像头发一样的长叶。鸟儿无惧远处电车声、近处崖下钓鱼人的喧闹声，在树梢间发出尖锐的啼鸣。我们两人提着被杂草的露水沾湿的袴脚，站在这片林荫昏暗的一隅，透过绿叶枝干的缝隙，远眺空地上在夏日光线照耀下更显明亮的残垣断壁，无限惆怅涌上心头，迟迟不忍离去。我们不是在哀痛被破坏的有马旧苑。我们只是叹息，这片遗迹在经年累月中好不容易变成了如此充满荒芜诗意的空地，却要在不久的将来，因某些新计划而被铲掉上面的森林和杂草吧。

我对杂草的喜爱，不亚于对春之堇菜、蒲公英，秋之桔梗、黄花、龙芽。空地、屋顶、路畔、沟边的杂草我都爱。空地就是杂草的花园。具芒碎米莎草穗细美如熟绢，狗尾草穗柔软似皮毛，春蓼花淡红温暖，车前草花纯白清爽，繁缕花细白如沙。细细观之，这些杂草惹人怜爱，让人不忍弃之。然而，在和歌里或者宗达光琳的画作中却寻不见它们的影子，只有在俳谐和狂歌这种江户平民文学里，杂草才跟文学沾上边。我对喜多川歌麿《绘本虫撰》的喜爱，也是因为这位浮世绘师逼真地描绘了卑俗的草花昆虫，这些是南宗画家、四条派画家绝对不碰的题材。由此可以看出，俳谐、狂歌和浮世绘是拾起自古被贵族艺术完全摒弃的事物，并将其艺术化的最大功臣。

近来，比起数寄屋桥外、虎门金比罗神社前、神田圣堂后面，以及其他各处公园里新栽的树木，开在路旁空地上的杂草反而更能使我感到一种说不出的兴趣和情趣。

户川秋骨君在《随心记》里写有《落霜的户山原》一章。户山原是旧尾州侯郊外宅邸所在地。那座有名的庭院荒废后，成了陆军户山学校，周围大片空地变成了射击场。这一带属于丰多摩郡，近年来还是杜鹃花的名所，但随着人口逐年稠密，这里变成了郊外的新开町，只有射击场保留着原貌。秋骨君说：

> 户山原是东京近郊难得的开阔地。自目白深处延至巢鸭泷野川的平原，先前还保留着武藏野之趣。然而，这片平原现已全被犁成耕地，

因此虽有田园之趣，却鲜有野趣。然户山原，虽说是原，多少有起伏，树木众多，也有乔木成林之处。而且这片地未经人工加工，完全是自然的状态。如果想感受当初的武藏野之趣，可以来这里看看。起伏有致的大片空地被杂草整面覆盖，春天适合采摘花草、孩童嬉戏，秋天任由雅士信步其间。不分四季，拿着画布在这里写生的学生络绎不绝。这里俨然是一个大自然的大公园，绝佳的游览地。这种自然与野趣是在其他郊外找不到的。恐怕以今时之势，有空地必造建筑，抑或毫不犹豫地犁成田地。然为何大久保边上，会留下几乎自然的原野呢？令人难以置信的是，这其实是托了俗之又俗的陆军的福。户山原是陆军的用地，除了一部分作为户山学校的射击场，一部分作为练兵场使用外，大部分几乎都是没有派上用场的空地，任由市民或村民“糟蹋”。骑马的士兵在大久保的柏木小道上列队驰骋，令人生厌。一副趾高气扬、天下公道为我所有的模样，让我们这些平民百姓深感不快。但是正是这个让人不悦的大机关，在这片户山原上保住了古武藏野。细想起来，世间利害消长。一利一害，皆有因果报应。

秋骨君所言深得我意。代代木青山的练兵场和高田的马场亦如此。我们能沐浴着晚秋夕阳在高田马场的荒野林里徘徊，或是于晴朗的冬日清晨在青山畔遥望白雪冠顶的富士山，皆是托了俗之又俗的陆军的福。

开往庆应私塾的电车沿线，自信浓町权田原，横穿过青山大道，直至立着背面标有“三联队”的红色木棍，沿线两旁的大型建筑都归属于陆军。电车上的乘客、街上的行人不是兵卒就是士官，给人一种仿佛全世界都是陆军的错觉。与此同时，我们还能在权田原林里远眺初夏的新绿，在三联队后面和青山墓地之间的土堤和草原上，春望嫩草，秋观芒穗，我对秋骨君的报应说深有感触。

四谷鲛桥和赤坂离宫之间，以甲午铁路线为界，有一片荒草萋萋的消防地。初夏夕暮，我从四古路理发店回来，或是出去买东西，会拐进法藏寺后街或西念寺后街等寺庙众多的巷子。我从没有车辆的陡坡下至鲛桥谷町，穿过两边贫家紧挨的一条巷道，便来到了这片消防地，同若叶杂草一起，凝望晚霞。

这段路程虽短却富于变化，且符合我偏执意趣的景观很多。一为鲛桥贫民区的地势。鲛桥贫民区位于四谷与赤坂两高地之间的谷地，与以河渠、肥料船、制造厂为背景的沿河贫民区形成对照，代表了以坡崖树木为背景的山手贫民区风景。站在四谷的坡上，透过树林，看到贫穷人家的白铁皮屋顶与寺院和悬崖边的墓地杂乱地重叠在一起，其间晾在外面的破烂衣物随风飘动。初夏美好的青空下，崖上杂草萌出嫩绿新芽，四周树木若叶青翠欲滴。此时，向下望去，贫民区的白铁板屋顶更显脏乱，仿佛大自然的恩惠忘了泽及这些人的生活。冬雨淅沥的傍晚，破烂的纸拉门上灯影摇曳，与坟墓的枯树啼鸣的寒鸟一起，共同营造出了褪色的冬景。

从这阴暗的一隅翻过一道铁道路基，面前就是开阔的消防地。赤坂御所的土墙中段有一个西北御门，沿着长长的坡道向远处青山方向延伸。平日行人稀少，古式院墙和遮蔽的树木更显高雅。消防地靠近御所方向，胡乱生长着四五株水杨。某年夏天的傍晚，我在这里听到了类似下雨的声音，于是也不怕毒虫叮咬，踩着杂草循声走去。柳荫下山那边的高台上，芦苇丛在晚风中摇曳，在像深井一样的凹地底部，从御所流下来的水流被巨大的堤坝拦住，汇成一股瀑布。一到晚上，水边一定有萤火虫飞舞。我恨这漫长的夏日黄昏和夕月的亮光，只好怏怏地回到了鲛桥。

当时，有传言万国博览会在代代木原举办，东京市要把鲛桥的贫民区全部拆掉，其原因是害怕西洋人从来往四谷代代木的电车窗外，俯瞰到肮脏的贫民区，这将有损国家的颜面。后来，因为日本经济虚假繁荣，举办万国博览会的传言无人再提起，鲛桥的贫民区也得以保存至今。西念寺的陡坡下，依然连绵着一片残破的白铁皮屋顶。贫民区的确不会增添城市美观，但是因为不希望被来万国博览会的西洋人看见，再也没有比这个拆除理由更可笑的了。

当局官员的想法可谓愚蠢至极。如果真的在乎东京这座城市的门面、日本这个国家的体面，比起拆除贫民窟，先把市内各处的铜像搬走才是当务之急。

目前我所知道的东京空地大抵如上所述。我住所的外面，这两三年还留有一片旧市谷监狱署的空地，但今春在原死刑台的地方造了一座观音，周围日渐变成街区，据说不远的将来，艺伎酒家也被允许进驻了。

芝浦的填海地眼下还未开始建造房屋，也算是一块空地。东京再无第二处拥有如此开阔视野的地方。夏日傍晚，月升海上，空地上的杂草一望如烟，四通八达的河渠上可以看见货船的桅杆，也是很不错的风景。

东京市的土木工程正以各种方式破坏东京的风景。所幸还有杂草，在空无一木的空地上，铺开绿色柔软的毛毡，月光洒落在上面，露珠晶莹闪烁着。像我们这样薄幸的诗人，比起田园，更应该感谢红尘都市中的“大自然”的恩赐。

第九篇

崖

第九篇 崖

江户名所指南为数众多，以《紫一本》《江户综鹿子大全》等最为古老。这些书按坡、山、坑、渠、池、桥等进行分类介绍江户的地理古迹。不过，这个分类中有多处实际上是以地名中的文字来归纳的。比如谷的分类里，把日比谷、谷中、涩谷、杂司谷等也编入其中。这种戏谑的特点几乎在所有江户轻文学里都能找到。

既然我已经分门别类地讲到了东京的水、巷子、空地，此处再试添一章崖。

崖与空地、巷子一样，也是我平日散步中的一大乐趣。崖上光篮竹、芒草、蓟、乌蔹莓等各种杂草交错丛生处有清泉涌出，有的地方地下水如谷川潺潺流动。斜着生长的树木的枝干和根部，也会勾起人绘画的兴致。东京市内的山崖上如果不长一树一草，那么崖壁上的红土沐浴在夕阳下时，将宛如堡垒一般悲壮。

东京市内的悬崖从以前开始就没有名字。《紫一本》

也好其他书也罢，虽有坑、谷等类别，却无崖的章节。东京地势高低明显，山崖自古就耸立于市内各处。

上野至道灌山、飞鸟山的高台侧壁是所有悬崖中最雄伟的，而环绕神田川的素有小赤壁之称的御茶水绝壁，则是最富绘画美感的。

从小石川的春日町到柳町、指谷町之间的低地所看到的本乡高台，在电车还未开通、东京地势与风景未遭破坏的时候，还是一座草木茂盛的悬崖。从根津低地仰望弥生冈千驮木高地，也是一座悬崖。顶上有一条小路，可以从根津权现通往团子坂。这是东京市内最让我着迷的一条路。路的一侧被树林和竹丛遮蔽，昼如黑夜，另一侧步道几近塌陷，向脚下看去，透过悬崖中部的树梢，可以看见谷底人家小小的屋顶。对面是毫无遮挡的辽阔天空，可以看到浮云飘浮不定的踪迹。左边是连绵至上野谷中的幽黑森林，右边可将神田下谷浅草的市街尽收眼底。市街上嘈杂的声响因为距离远而变得柔和，正如魏尔伦在诗中所写：

第九篇 崖

和平的声响，

从街上传来……

当代学人森鸥外先生的居所就位于这条路快到团子坂坡顶的地方。我听说，站在二楼栏杆边远眺，越过市街的屋顶，就能看见远处的大海。故先生将此楼取名为观潮楼。（后又听闻团子坂又称汐见坂，才取名观潮楼。）我有幸在观潮楼上拜见过先生多次，但多是夜晚，很可惜没有机会看到潮汐。但在二楼，我听到过音色深沉的上野的钟声，至今难以忘怀。那是残暑还未消去的初秋黄昏，先生应该还在用餐，便叫用人带我到观潮楼上稍做休息。我记得楼上有八帖①和六帖大小的两个房间。一间的壁龛里挂着一幅拓字，上面写着一个似乎很有来头的“雷”字。拓字下方是一个六角大花瓶，很像中国古代的陶器。花瓶里没有插花，看起来极其严肃冷静。整

①帖：日式房间里“榻榻米”草垫的张数。1帖的传统尺寸是宽90厘米，长180厘米。

个榻榻米房间里除了壁龛挂轴和花瓶外，无任何一物，既没有匾额也没有陈设品。另一个房间的隔扇微敞着，我小心翼翼地朝里看，正中央放着一张桌子，准确说是一个台子，只有一块板子和四个脚，既没有抽屉和雕刻装饰，上面也没有放置砚台和笔墨纸张。但是，桌子后面立着的六页屏风下面，露出了用绳子捆绑着的像是西洋报纸杂志之类的东西。我偷偷地伸长脖子看了看，大部分是西洋书籍，高高地摞了一墙面。世间大众喜欢把不看的书故意放在显眼的地方当装饰，而先生却另行其道。我开始认真思索起《栅草纸》以后的先生的文学和品行来。就在这时，一阵凉风驱散了残暑，送来浓郁的桂花香和上野的钟声，使我这个独立在观海楼上等候主人的人为之一惊。

我转过身，循声望去。从千驮木崖上看到的那片广阔的市街，此刻被苍茫暮霭笼罩，烟雾缭绕的谷底，无数灯火亮起，野谷森林上方还留着一片淡淡的黄昏的微光，如云似梦。由此，我联想到了夏凡纳在先贤祠所画的壁画中的神秘灰色，——那是圣女日纳维欧芙在静静俯瞰巴黎夜景。

钟声一声接着一声，余音袅袅。每次钟声响过，森林就愈发昏暗，市内灯火逐渐明亮起来，车马声反而像暴风雨来临一般逐渐变大，很快抹去钟声最后的余音。我又茫然地转向空荡荡的观潮楼内，想象着鸥外先生在这空无一物的楼上俯视城市的灯火，一边交替聆听着钟声与车马声，一边静静地读书写字。想到这里，我感到先生的风貌与壁画中的人物一样神秘。

“呀，久等了。失敬失敬。”这时，先生像书生一样从楼梯上来。平纹细棉布的白色衬衣下面，穿了一条带红色竖镶边的军裤，整个人看上去普通得就像周日在出租房二楼享清闲的士兵一样。

“大热天就这样穿最凉快。”先生一边说着，一边把女佣拿过来的银盘往我这边推，并递过来一根雪茄。在陆军省医务局长室与我交谈的时候，先生也一定会请我抽雪茄。雪茄恐怕是先生生活中最为奢侈的物品了。

那个傍晚，我向先生请教了对于欧肯哲学的看法。夜晚九点多，我又再次踏上千驮木的崖道，往根津权现方向下去，绕过不忍池的后面，数着东照宫后面的悬崖上在树枝间闪烁的星星，坐上了去往广小路的电车。

我出生的小石川曾经有很多悬崖，首先想到的是位于茗荷谷的小径两边的悬崖。一边是令人毛骨悚然的切支丹坂[①]，与此相对的是像山路一样细窄的坡道向小日向台町后面延伸过去。如今，左右两边的悬崖变成了无趣的当代风石墙，竹林树木一伐而光，没有了从前的阴暗恐怖。

我记得八九岁的时候，不知是不是大雨的原因，切支丹坂悬崖的中部突然出现了一个四方形的横洞，深不知尽头。附近的人说这应该是以前切支丹宅邸还在时挖的地下通道。

茗荷谷往小日向水道町出去的路中央，直到现在还有一棵大银杏树，树下有一座供着草鞋和沙浅儿的小神社。水道端的路旁有好几座寺庙，寺门形状不一，我也常爱去那里散步。在这条路的尽头，往音羽的拐角处，

---

①切支丹坂：又名幽灵坂。切支丹是基督教徒 christian 的音译，因附近有江户初期关押和迫害传教士的切支丹宅邸而得名。是东京灵异之地之一。

耸立着大冢火药库所在的悬崖，崖顶散落着几株乔木。冬日崖上草黄树枯，乔木枝头乌鸦成群聚集，别有一番文人画的旨趣。往牛込方向能看见赤城的高地，正面是目白山，侧面又是悬崖。目白山自古便是名所。蜀山人[2]的《东丰山十五景狂歌》中有记：

> 东丰山新长谷寺，目白不动尊坐镇之山，宝永年间与再昌院法印居所关口疏仪庄相近。于西斜日影中拄杖眺望富士白雪，于千町田间绿意里沐浴习习凉风，甚是惬意。又物部翁居牛込之时，其门下南郭、春台、兰亭等人，以周边十五景作诗成卷。我生于牛込，怀念附近景色，故借题作夷歌咏之。于大黑屋高殿为母铺筵贺六十，又天明往昔有“堰口漉纸”“目白瀑丝”之说。

①蜀山人：本名大田直次郎，号南亩，江户后期文人，狂歌师。

鹁山樱花

昔时田鼠化鹌鹑，后余山樱三两花。

城门绿树

金鯱欲攀青叶山，渡橹直至牛込门。

溪边流萤

头大似何物，镰仓古道飞。

稻田落月

白露结霜浸晚生，早稻田里落月影。

平田香稻

水田平平丰收年，胜似船帆穗簇拥。

寺前红枫

寺前无酒看红叶，满面灼灼夕阳里。

月中望岳

八瓣芙蓉花一轮，开在桂树枝上头。

江村飞雪

沽酒乡村里，穷尽江户川。

长谷梵宇

明王古木发新枝，长谷寺僧换新颜。

赤城霞色

朝夕霞色飞，映照赤城山。

高田丛祠

守候御灯映高田，穴八幡与水稻荷。

济松钟磬

济松寺里祖心尼，若如昔日钟声声。

田间一路

横越蟹川水，直通门田中。

岩畔酒垆

杉叶簇簇门边立，羽觞交错岸上茶。

堰口水碓

水车咕噜转不止，人目土堤无堰口。

去年岁暮，我与岩谷四六君（小波先生令弟）在周四忘年会上不期而遇，席间谈到我的“晴日木屐”。四六君说自麹町、平川町至永田町后街的那一带，以前是一座幽邃的悬崖。小波先生和四六君那时还未在永田町故一六先生的宅邸居住。而我那时正好住在父亲的机关宿舍，离那里不远，对于宪法颁布时寂寞的麹町往昔，有着不尽的回忆。在父亲住了一年左右的某省机关宿舍里，院前临着一座悬崖。崖上竹林幽森，更有令人作呕的蟾蜍。夏日傍晚，天未全黑的时候，院子前面数十只蟾蜍出没，像大碎石铺满一地。与这座悬崖相对，隔了一条小道，在德国公使馆的高台后面，也有一座树木繁茂的悬崖。寒冷的冬夜里，自小受日本口传迷信的熏陶，我脑子中常有幽灵鬼怪浮现，强忍住恐惧穿过漆黑的走廊去厕所的时候，从破了洞的拉窗看到对面悬崖的树林深处，巍然屹立的西洋馆内灯火辉煌，时不时还有钢琴声传来，这引发了我对西洋人不可思议的生活的遐想。

最近在我穿着晴日木屐散步的时候，发现了从芝二本榎的高野山后面，以及伊皿子台等能看见海的悬崖。二本榎高野山对面的上行寺因有其角之墓，故为人所知。我站在本堂的悬崖上，看着像擂钵底的上行寺墓地，眼中之景与其角之墓一样令人难以忘怀。白金古刹瑞圣寺后面的悬崖也吸引着我多次拄杖前往。

与芝一样，麻布、赤坂也有很多悬崖。生于山手的我，

虽时常羡慕下町轻快潇洒的船只、桥、河岸构成的风景，但也以悬崖和坡道的坚硬风景作为山手的骄傲。《隅田川两岸一览》中只描绘河岸风景的北斋更是为山手画了整整三卷《山复山》。

第十篇

坂

第十篇　坂

虽与上章有重复之嫌，但我还是想再说说市内的坂。坂，即为平地上的波澜。于平坦大道上，走路不会滑倒磕绊，开车安全顺畅，运货运费也便宜。但是于无所事事的人而言，在康庄大道上散步未免太过单调。东京市内能称得上直线型美景的，只有有舟有桥的运河沿岸。至于像银座日本桥这样平坦的市街景观，很遗憾未能引发我在西方城市漫步时曾拥有的兴致。西洋都市中，比起纽约平坦的第五大道，我更喜欢哥伦比亚通往高台的石阶，比起巴黎大道我更中意蒙马特尔的高地。走在里昂红十字区的坂道上，视线越过被手磨平的古老石栏，整个河岸街道尽收眼底，那个夏日的黄昏至今令人难以忘怀。每每想起，我都会沉浸在回忆的美梦里，感叹法国城市为何走到哪里都那么美丽，为何总是如此柔软地勾起人们的幻想。

那时的我不到三十，没有身在异乡为异客的忧戚，有的是处处青山皆故乡的意气风发。而今的我虽未鬓发戴霜，但精力渐衰，身处明世，无所事事。苦闷之余，揣了份江户地图，趿拉着晴日木屐，凭吊被狂歌俳句反复吟诵的江户名所遗迹。这前后也只过了十年而已，想想不禁潸然泪下。正如那首三弦小曲的唱词："再贫贱的草屋也有月光照耀。徒然悲愤而献身，非贤人所为。"我们所居住的这座城市，不管如何丑陋污秽，既然朝夕在此度日，则须于丑陋中找出几分美，于污秽中寻出几分乐，这样多少会住着舒适一些。这也是我原本没有目的的散步的唯一目的和意义所在。

就面积和人口而言，东京已是世界屈指可数的大都会。无须走在银座日本桥繁华街道上，只要站在某处山坡上眺望市内，就能轻易感受到这盛况。生长于这座城市，对于四季风物已了然于心，但有时候经过九段坂、三田圣坂或霞关时，我还是会被那壮阔的风景吸引，不由得停下脚步。东京市的盛景以在坂上眺望最能展现，其中属赤坂灵南坂下行至芝西久保的江户见坂的景致自古最为有名。面对着爱宕山，日本桥、京桥到丸内一览无余。

市内绝佳的观景坂在此列举一二。神田御茶水的昌平坂和骏河台岩崎邸门前的坂坡，同为俯瞰万世桥、远眺神田川的好地方。皂角坂（水道桥内骏河台西面）与牛込麹町的高台一样，可望见富岳。饭田町的二合半坂越过外护城河，隔着江户川，能望见小石川牛天神的森林。与此相对，小石川传通院前的安藤坂、金刚寺坂、荒木坂、服部坂、大日坂等则能从小石川远眺牛込赤城番町。在这些坂坡上所看到的远景中，最富有绘画意境的当是秋日藏青色暮霭中灯火初上时，或是高台上新绿装饰枝头的初夏晴日。明月皎洁的夜晚，护城河堤上松影婆娑，倒映在平静的水面上。驻足于牛込神乐坂、净琉璃坂、内坂、逢坂上，看着这样的风景，任谁都会惊叹东京竟还有如此绝景。

坂坡增添了远眺的乐趣，不过没有远眺景致的坂坡也不应忽视。只要有心寻找，诗情画意随处可见。比如四谷爱住町的暗暗坂、麻布二之桥对面的日向坂就是如此。这些坂道极为平凡，只有居住在附近的人才知晓。但是，暗暗坂实际上是一道连车都开不上去的陡坡，它

的一侧被全长寺墓地苍郁的树木遮住了日光，卒塔婆[1]周围杂草荒芜。至于二之桥的日向坂，由流经山脚的新堀川的浊水、架于水面上的小桥、斜斜地遮住坂道的一株槚树，构成一幅天然画作，甚是有趣。因“振袖火事”[2]而闻名的本乡本妙寺对面的坂道，也有一条自山脚流下来的下水河和一座架设其上的小桥，让我印象深刻。还有那自赤坂喰违至麹町清水谷的陡坡、上二番町树木谷的下坡，在下弦月犹如镰刀一般悬挂枝头的冬夜里，偌大的宅邸内远远传来犬吠声，寂静得让人无法相信这是在市内。斜坡两边的房屋、围墙、树木也为坂道增添了视觉之美。比如，旧加州侯院墙连绵的本乡暗暗坂，以及能看见麻布长传寺院墙和赤门的一本松坂，就是很好的例子。

坂道中，神田明神后面的本乡妻恋坂、汤岛天满宫后面花园町的坂坡，如不嫌偏僻的话，还有白金清

①卒塔婆：日本立于坟墓后的塔形木牌。

②振袖火事：指日本发生于1657年的明历大火。火灾因为死去少女做法事，风将少女遗体上燃烧的衣袖刮走而起，故称“振袖火事”。

正公旁的坂道、牛込筑土明神后面的坂坡、赤城明神后面至小石川改代町的陡坡，我总觉得这类位于神社后面的坂道很具特色，每次经过时，总会好奇地停下来望望。坂道地形倾斜，使神社境内的鸟居、大银杏树、前殿的屋顶、木栅栏等景色富于变化，有时从住家屋顶的上方看去，有时望向巷子尽头，眼到之处各自呈现出各异的景色。我从这样安静的坂道经过，每当发现小巧的招租房，总会停下脚步，细细阅读贴在门前的告示。为什么呢？因为我想着要是独居于神社境内附近，读书倦怠写作劳累之时，不必更衣换衫，如出入自家院子一样，自寂静的后门步入无人的境内，看鸽群飞舞，观额堂绘马，这样一来难熬的时间也很容易打发吧？

东京坂道中，有些坂道会相连形成凹地。第八篇“空地”中记述的鮫桥，前后就有寺町和须贺町的坂道相对。小石川茗荷谷亦如此。小石川柳町一边是本乡下来的坂道，一边是小石川下来的坂道，相向而对。地势紧迫，坂与坂之间非常接近的话，景色也愈发有趣，有时会让人产生仿佛来到温泉街的感觉。

市谷谷町到仲之町的近道上，有一段古老的石阶坂道，叫作念佛坂。麻布饭仓旁也有一段同样的石阶坂道，叫雁木坂。这些石阶蹬道不知为何让我想起了长崎的街道，当我穿着晴日木屐咯噔咯噔地踩在棱角被磨平的石阶上时，心中唯愿东京的土木工事不要把它改造为通行便利的普通坂道。

第十一篇

夕阳 富士眺望

第十一篇 夕阳 富士眺望

东京西郊地区在目黑有夕日冈，在大久保有西向天神社，皆是观赏落日的好去处。这样的风流雅趣已打上江户时代的烙印，现如今，恐怕没有人会为了看落日专门跑到这么偏僻的山冈了。但在我日复一日寻找东京美景的过程中，深知这个城市的美与夕阳有着密不可分的关系。

站在气派的二重桥向西望去，目光超越城墙上方的松林，西边的天空被夕阳染得火红，呈现出壮观之景。松林的暗绿、晚霞的浓紫、夕阳晕染下天空的红色，构成了东京乃至整个日本风土特有的色彩。

晚霞染红的天空反射到临河白色仓库的土墙上，或是被晚风推动着前进的船帆上，又是一种意想不到的美景。不过，要说夕阳与东京的美学关系的话，像四谷麴町青山、白金的大街那样西向的长街道拿来讨论是最合适的。又如神田川八丁堀河沿、隅田川沿岸，这几处的夕阳虽不甚美丽，但有其他情趣附加，也别具特色。与此相反，从麹町到四谷通往新宿的大街，从芝白金至目黑行人坂的街道，徒有宽阔而无一吸引人之处，只是几条肮脏的城关街道罢了，雪月也无法增其风情。起风时，扬沙遮住前行的路面，下雨时，泥泞淹没行人的脚踵。要说如此无趣煞风景的山手大街还有几分美感的话，全凭夕阳的加持。

这些大街虽与四谷青山、白金巢鸭不在一处，但街道的模样总有些相仿。以前四谷路自新宿开始是甲州街道或青梅街道，青山是大山街道，巢鸭经过板桥延伸至中仙道，不用看江户地图也为人所知。或许是这个原因，即便电车开通，街道面貌焕然一新，这里仍然有种挥之不去的驿路的味道。特别是在宽阔街道的尽头，望着冬日里寂寥的落日被西北风吹着走，一种被催赶着去某个遥远目的地的感觉涌上心头，如此一来把电车自行车的铃声当作驿路的铃声也并不夸张了。

东京的夕阳以若叶满目的五六月和晚秋的十月十一月为最美。山手一带的庭院、篱笆，新绿青翠欲滴的树梢间，天空被夕阳染得通红，是一种在下町河畔见不到的美。而神社佛阁境内，是树丛最为苍郁之处。杂司谷的鬼子母神、高田马场的杂木林、目黑的不动明王、角筈的十二社等等，这些地方适合从遮天的若叶间看夕阳，也适合赏晚秋的黄叶。在夕阳余晖下踩着落叶，即便不是江湖沦落诗人，也多少会有些感慨。

能够与夕阳之美相提并论的，便是从市内远眺富士山。从直面夕阳的西向街道，不仅能看见富士山，还能望见与富士山麓相连的箱根大山的秩父山脉。青山的街道是远眺富士山的绝佳位置。除此之外，九段坂上的富士见町路、神田骏河台、牛込寺町一带也是不错的选择。

关西的城市想见也见不到富士山。水流和富士远眺是江户子弟引以为自豪的东京胜景。西富士根东筑波，道尽了武藏野之风景。文政年间葛饰北斋在作《富狱三十六景》锦绘时，绘了十几处从江户市内望见的富士山的景色，包括佃岛、深川万年桥、本所竖川、本所五目罗汉寺、千住、目黑、青山龙岩寺、青山稳田水车、神田骏河台、日本桥桥上、骏河町越后屋店头、浅草本

愿寺、品川御殿山，以及小石川的雪中。我没有将锦绘与实景一一对照过，因此在江户时代是否真的能从深川万年桥或是本所竖川望见富士山就不得而知了。北斋与其门人升亭北寿、一立斋广重的古版画是探究东京与富士山的绘画关系的绝佳向导。北寿运用荷兰的远近透视法绘制的御茶水与今天我们看到的景色一模一样。经过神田圣堂门前，站到御茶水路的最高处往西望去，左边越过对岸堤坝，是九段的高台，右边是与造兵厂的树木并排的牛込市谷一带的树林。中间流淌着神田川，自水道桥至牛込扬场河岸，眺望所见的富岳和山麓的景色，与《东京名所绘》完全一致。不过，富岳远眺最美之时还是在与浮世绘的色彩相似，——初夏晚秋夕阳映照下的云霞五色生辉，山被染成紫色、天空被染成鲜红的时候。

世人的兴趣大抵多为看到日比谷公园老树上的霓虹灯，叫嚷着好漂亮好漂亮之类。清夜里赏月，春风中赏梅，这种敬爱风土特有的自然之美的风情雅致如今早已消失殆尽。于是，对于东京城里是否有夕阳、富士山是否看得见，不再会有人执着。如果像我们这样的文人说道这事，文坛定会群起摈斥。可是仔细想想，意大利米兰因阿尔卑斯的山影映衬更显美丽，那不勒斯因维苏威火山的烟灰存在让旅行者印象更加深刻。东京的特色就在于可远眺富士山。国民的义务不只在为议员选举而奔走。对我们而言，真正的爱国主义应是保护乡土的美，并致力于国语的纯化文雅。在东京风景渐遭破坏的当下，我们唯愿世人不要轻视这个首都与富岳的关系。安永①年间的俳书《名所方角集》之“富士远眺咏”曰：

明月富士见，尽在骏和町。

——素龙

富士雪不尽，半分属江户。

——立志

遥望富士山，忘却大晦日。

——宝马

①安永：日本年号之一，1772—1781 年间。

富嶽三十六景

十余年前，我们在乐天居小波山人处有个周四会。会员中有一清朝人，名叫罗卧云。此人长得眉清目秀，且善日语，与本邦人无异，戏号“苏山人”，吟俳句写小说，才华让人惊叹。他在归乡时留下一句：

晚春富士未相见，却道别离归故时。

苏山人在湖南官衙任上一年有余便得了病，等到他再游日本不久就殁于赤坂一木寓所。我由富士远眺，偶然想起他留别的诗句，思念其人，无限惆怅。

君今乘鹤去，空留富士雪。

——荷风